여성의 글쓰기

여성의 글쓰기

혐오와 소외의 시대에
자신의 언어를 찾는 일에 관하여

이고은 지음

생각의힘

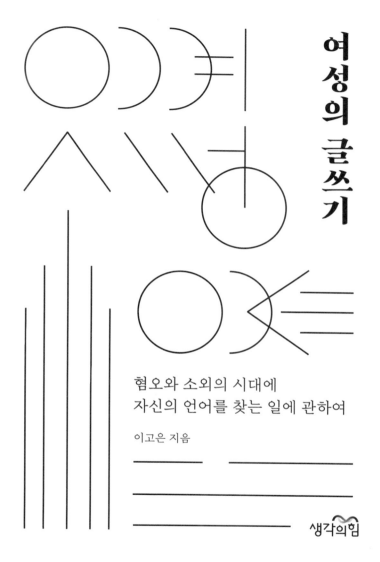

들어가는 말

"소이 우나 에스크리토라Soy una escritora"

구립 도서관에서 한 달 무료 강좌로 개설된 스페인어 기초반 수업을 들었다. 영어를 처음 공부할 때처럼 알파벳과 인사말, 숫자 세기부터 시작했는데 마지막 시간에 이르러 배운 것은 직업 소개하는 법이었다. 첫 줄은 그때 익힌 문장이다. 나는 종이에 적힌 수십 개의 직업 가운데 '쓰다escribir'라는 어원에서 출발한 단어인 '작가escritor'를 찾아냈다. 또 내가 여성이기 때문에 여성형 부정관사인 'una'를 앞세우고 'a'를 붙인 단어 'escritora'를 써야 한다는 사실도 알게 되었다.

그렇게 완성한 문장.

"나는 글 쓰는 사람입니다."

새로운 언어는 곧 새로운 세계이지만, 완벽하게 새로운 이 생소한 세계에서도 나를 설명하는 근거들은 굳건하게 불변했다. 성별이라는 주어진 정체성, 일이라는 획득된 정체성. 내가 글 쓰는 사람인 동시에 여성이라는 사실이 이 낯선 언어 속에서, 낯익은 느낌으로 재발견되었다. 나는 4주간의 짧은 여정을 끝맺는 마지막 수업이 자신의 일에 대해 말하는 시간이었다는게 다소 상징적으로 느껴졌다. 새롭게 열리는 미지의 세계로 나아가기 위한 발돋움이 정체성에 대한 물음과 답변에서부터 출발한다는 철학적 의미로 다가왔다.

사실 나는 글 쓰는 사람이라는 소개가 영 면구스럽고 머쓱하다. 물론 기자로서 적지 않은 시간 직업적인 쓰기를 거듭해왔고 몇 권의 단행본을 내는 데 참여했으니 행적만 보아선 틀린 말이 아니다. 그러나 스스로 생각하기에는 날고 기는 '선수'들 사이에서 나의 실력이 보잘것없이 느껴지는 때가 많아서, 책을 낼 때마다 빈곤한 내면과 밑천, 바닥이 드러날까 봐 두려웠던 게 사실이다. 나는 자타가 공인할 정도로 글깨나 쓰는 문장가도 아니고, 학창 시절 '문청文靑' 소리를 들을 만큼 문학과 책을 사랑하던 사람도 아니며, 심지어 '독서광' 축에도 끼지 못한다. 그저 기자 생활을 하며 꾸준히 훈련해온 '글쓰기 노동자'에 불과하다. 그래서 글쓰기에 관한 책을 써보자는 제안을 받았을 때, 실은 꽤 부담이 되었다.

그럼에도 이 책을 쓰고자 마음먹은 이유가 있다. 가장 직관적이고 솔직한 이유부터 말하자면, 내 존재를 증명하고자 하는 절실함에서다. 요즘 들어 더욱, 신문사에 다닐 때 더 성실히 일하지 못했던 것이 부끄럽다. 사표를 내고 명함이 사라진 뒤로부터는 그야말로 정신이 퍼뜩 들었다. 누구도 나를 찾지 않고 필요로 하지 않는 사회에서, '이고은'은 지워지고 사라졌다. 투명인간이 되지 않기 위해 나는 무엇이든 쓰는 사람이 되어갔다. 글쓰기는 어느새 내게 가장 갈급한 일이 되었다. 물론 나의 글쓰기는 화폐로 환산되지 않아 온전한 밥벌이로 기능하지 못하는, 시장경제의 차원에서 보면 '이단'의 노동이었다. 때때로 성실하게 가족을 먹여 살리기 위한 실존의 노동 앞에서 작아지곤 했다. 그러나 돈으로 설명되지 않는 일에 가치를 매기지 못하는 자본주의의 한계 때문에 나를 존재케 하는 일을 멈출 수 없음을 명백히 하고 싶었다.

또한 글쓰기의 고통과 기쁨에 대해 말하고, 나누고 싶었다. 누구나 크든 작든 인생의 부침을 겪는다. 나 역시 앞서 살아온 것과는 결이 다르게 삶의 변화를 겪으면서 여러 종류의 혼란이 동시다발적으로 찾아온 시기가 있었다. 답은 머리를 싸맨다고 해서 얻어지지 않았다. 고뇌와 질문이 진화하는 길목에서는 언제, 어디에서든 무언가를 쓰고 고치는 일을 거치곤 했다. 글쓰기의 과정은 고되고 그 결과는 자주 무위로 돌아갔지만, 그렇다고 아무런 성과가 없는 것은 아니었다. 당장 문제가 해결되지는 않더라도 글을 쓰며 마주하는 나의 삶에 변화가 찾아왔다. 나는 좀 더 유연하고, 좀 더 명료해졌다. 스스로 더는 누추하지 않았다. 우리는 시험에서 좋은 점수를 받기 위한 글쓰기, 다른 사람에게 인정받기 위한 글쓰기, 각종 형식과 틀에 얽매인 글쓰기를 강요받지만 정작 자기로부터 출발하는 글쓰기를 배워본 적이 없다. 다른 무엇도 아닌, 오로지 자신으로부터 출발하는 글쓰기를 통해 나 스스로가 변화하는 신비한 경험을 공유하고 싶었다.

마지막으로 내가 여성이라는 사실이 이유가 되었다. 지극히 현실적이면서도 매우 희망적인 명제를 이야기하자면 글쓰기는 여성에게 최적화된 노동이다. 억압받는 여성의 삶 속에서 비교적 물리적으로 자유로이 행할 수 있는 노동인 까닭이다. 이는 여성의 한계 그리고 동시에 가능성에 대한 명제이기도 하다. 남성을 기본값으로 삼아온 인류의 오랜 역사 속에서, 모든 여성은 언제고 자신의 존재에 대해 질문하는 숙명에 놓인다. 글쓰기가 나로부터 출발해 주변을 관찰하고, 공감하고, 흡수하고, 대화해가는 소통의 산물이라는 점에서도 여성에게 적합하다. 여성의 성찰은 실존적이지만 열려 있고 또 자유롭다. 땅에 발을 디딘 채로 저 너머의 새로운 세계를 꿈꾼다. 이는 생물학적 성별을 떠나, 사실 누구에게나 내재된 '소수자성'의 이야기이기도 하다. 자신의 주변성과 비주류성을 발견하는 일, 그로 인해 눈길이 가닿게 되는 우리의 무수히 다른 삶에 대해 함께 이야기하고 싶었다.

기자로서 써온 언론 기사의 문법, 학위를 따고자 쓴 논문의 용어, 대학 입시에 합격하기 위해 썼던 논술 시험의 언어. 돌이켜 생각해봤을 때, 내가 사회적으로 기능하기 위해 써온 글쓰기의 성별을 따지자면 그것은 남성의 언어였다. 논리를 중시하고 완결을 추구하며 정합성을 향해 달리는 글. 인류의 역사는 언제나 남성에 의해 쓰였고, 남성의 언어가 곧 역사였다. 우리는 모두 남성이라는 이름으로 대변

되는 '주류의 언어'를 빌려 글을 써왔다. 위대한 문학과 예술에서조차 여성은 주변적인 존재에 머무를 때가 많았고, 그나마도 주체가 될 때는 하위 장르로 취급을 받던 때가 불과 백 년 전의 일이다. 여성으로서의 자각과 페미니즘의 체득을 통해, 모든 개별의 자아들은 이 거대한 언어의 권력으로부터 탈피하고 넘어서기 위한 싸움을 할 수밖에 없겠다는 생각을 했다. 그러려면 쓰고, 쓰고, 또 쓰는 수밖에는 없다.

이 책은 총 네 개의 장으로 구성했다. 오랜 시간 노동자로서 글을 써오던 나는 언젠가부터 노동에서 조금은 더 나아간 글쓰기를 고민하기 시작했다. 그 과정에서 자연히 다지고 정돈한 생각을 책에 녹여내고자 했다.

1장 '자아를 찾아가는 글쓰기'에는 나로부터 출발해 나에게서 답을 구하는, 글쓰기에 필요한 일종의 태도와 마음가짐에 관한 생각을 담았다. 2장 '진실을 찾는 글쓰기'에는 지난 13년간의 기자 생활을 통해 쌓아둔 사유와 고민을 풀어냈다. 언론의 현실을 들여다보면 저널리즘뿐만 아니라 글쓰기의 차원에서도 생각해볼 만한 과제들이 많았다. 3장 '결핍과 충족의 글쓰기'는 여성으로서 경력을 단절한 후 본격적으로 글쓰기의 힘에 대해 절감한 바를 썼다. 잃고, 무력함에 빠지고, 좌절하면서도 저항하며 일어서고자 했던 크고 작은 경험들이 글쓰기에 미친 영향을 적었다. 마지막 장 '사회, 연대, 글쓰기'는 개인을 넘어 사회적 존재로서의 우리가 글쓰기를 통해 얻을 수 있고, 또 꿈꿀 수 있는 희망에 관해 이야기했다. 또한 각 장 말미에는 '어떻게 쓸 것인가'를 주제로, 글쓰기에 유용하다고 생각하는 내 나름의 기술들을 정리했다.

두 아이를 키우면서 집 안이 고요해지는 마법 같은 순간이 있다. 바로 한글을 갓 배운 첫째 아이가 틀린 맞춤법에도 쓸 수 있는 모든 글자를 동원해 혼자만의 이야기를 적을 때다. 자신이 좋아하는 것, 얼마 전에 있었던 재미있는 일, 앞으로 하고 싶은 일에 대해 가만히 끼적인다. 때로 엄마에게 하고 싶은 말을 담아 편지도 쓴다. 쓸 수 있는 글자에 한계가 있으니 했던 말을 쓰고 또 쓴다. 글자를 잘 모르는 둘째 아이는 옆에 앉아 그림을 그린다. 집중해서 관찰하고 한계를 모르는 상상력을 펼치며 자기 안의 마음을 내보인다. 서툰 표현으로 가득 찬 종이 안에서도 실제로 하고 싶었던 이야기가 무엇이었는지 알 수 있다. 그런 아이들을 보며 나는 느낀다. 인간의 가장 큰 기쁨 중 하나는 바로 자기 안을 들여다보며 탐구해서 발견한 나만의 이야기를 꺼내 보이는 순간 속에 있음을.

우리 각자의 고유한 언어가 세상 밖으로 꺼내져 나올 때, 아주 미세한 진동이 일어난다. 내가 삼킨 울음, 내가 견딘 고통, 내가 바란 희망들이 미미하나마 세상의 공기 안으로 스며든다. 각자가 제 삶을 제대로 살아내기 위해 애쓰며 빚어내는 이야기, 목소리, 글. 이는 나뿐만 아니라 다른 사람의 삶에도 크고 작은 영향을 미친다. 나의 사뿟한 손짓은 다른 세계 저 너머의 누군가에게 안부를 묻고 안녕을 기원하는 기도가 된다. 우리의 글쓰기는 결국 더 나은 삶을 향해 간다.

'글 쓰는 사람'. 오랫동안 비어 있던 페이스북 자기 소개란을 책을 쓰며 이 다섯 글자로 채워 넣었다. 가감 없는 나의 현재이자, 먼 미래에도 바라 마지않는 이상향. 글 쓰는 사람으로서 꾸준히 삶을 발견하고, 갱신하고, 바꾸어가는 존재가 되기를 간절히 바라는 마음으로 글들을 이어갔다. 책을 손에 든 독자분들께도 나의 이런 바람과 에너지가 전달되었으면 좋겠다. 여기 적힌 문장들을 읽고 무언가 자신만의 글을 쓰고 싶은 마음이 샘솟는 독자가 있다면, 그것만으로도 책을 쓰는 가치가 충분할 듯하다. 당신의 글쓰기를 응원하며.

2019년 11월

흩어진 아이들의 놀잇감 사이, 산만한 나의 책상에서

이고은

차례

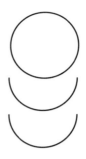

일러두기

1. 단행본은 겹꺾쇠표(《》)로 표기하였고, 단편, 시, 신문, 잡지를 비롯해 미술, 음악, 영화 등 예술 작품의 제목은 홑꺾쇠표(〈〉)로 표기하였습니다.
2. 참고 문헌과 관련된 주석은 번호로 표시해 미주를 달았습니다.
3. 본문에서 인용한 글은 원문을 그대로 옮기되, 생각의힘 출판사의 편집 규칙에 따라 표기는 일부 교정하였습니다.

* 200자 원고지 한 장 이상 분량의 글은 저작권자에게 연락을 취해 이용 허가를 받았습니다. 다만, 미처 답을 받지 못한 건은 확인이 되는 대로 정당한 대가를 지불하겠습니다.

1장

자아를 찾아가는 글쓰기

언어를 갖는다는 것

"'전업맘'이 되어 제 손으로 십 원 한 장 벌 수 없고 아이들 뒤치다꺼리에 자아를 분출할 길 없는 형편이 되다 보니, 유일한 해방구는 제가 가진 '숙련기술'로 무언가 의미 있는 일을 찾아 나서는 것이었습니다. 결국 10년 이상 해왔던, 글을 끼적이는 일이었습니다."

2016년 9월 27일, 두 번째 책 《요즘 엄마들》의 출간 소식을 전하면서 페이스북에 이렇게 적었다. 글쓰기에 대해 생각하다 보니 3년 전에 썼던 이 글귀가 떠오른다. 글쓰기가 절실해지기 시작했던 당시의 심정을 불러내는 듯해서다.

10년간 기자로 일하던 회사에 사표를 낸 지 만 3개월이

지나던 시기였다. 그때 내 자존감은 바닥을 치고 있었다. 오랫동안 나의 전부였던 기자로서의 일과 삶을 포기하고, 하루아침에 사회적 이름을 잃었다. 두 아이의 엄마가 된 후 일과 육아를 병행할 수 없어 양자택일해야 하는 현실을 받아들이긴 했지만, 막상 퇴사하고 나니 알 수 없는 우울함과 무력감이 밀려왔다. 나날이 예쁘게 자라나는 아이들과 함께할 수 있다는 사실에 감사하면서도 그 행복의 크기가 커지는 만큼 나의 존재는 쪼그라드는 것 같았다. 초조하고 불안한 마음, 억울하고 분한 감정이 공존했다.

할 수 있는 유일한 일은 내 안의 감정과 생각을 있는 그대로 기록하는 것이었다. 나는 왜 괴로운가. 내가 처한 현실은 무엇인가. 나의 의지와 노력으로 개선이 가능한가. 그렇다면 무엇을 해야 하는가. 그렇지 않다면 해법은 무엇인가. 생각은 꼬리에 꼬리를 물었고, 때로 개인적인 것과 사회 구조적인 문제가 엉키고 뒤섞였다. 내 안의 불편한 감정에 귀 기울이고 그 이유를 찾는 일은 생각보다 복잡다단했다. 일일이 적어두지 않으면 간신히 붙잡은 단서들이 휘발되어 사라질 것만 같았다. 제대로 살기 위해, 나는 써야만 했다.

다행히 나는 글쓰기에 관한 한 '숙련기술자'였다. 10년간

일간지 기자 생활을 하면서 매일같이 현상을 취재하고 사실을 수집했다. 모은 글감을 토대로 글의 논리를 구성하고 정해진 시간 내에 기사를 마감하는 것이 나의 일이었다. 그 경력을 토대로 몇 차례 단행본 작업을 할 기회도 있었다. 그 과정에서 글쓰기는 내게 일종의 기술이 되었다.

여느 기술과 마찬가지로 글쓰기 역시 숙련이 중요하다. 끊임없이 쓰고 고치는 훈련을 거듭하다 보면, 어느새 세상에 내놓아도 그럭저럭 나쁘지 않을 만큼의 실력은 연마할 수 있다. 글의 대략적 논리와 구조가 머릿속에서 자연스레 구상되고, 뼈대에 살을 입힐 글감의 재료를 골라내는 일이 어렵지 않아진다. 이른바 '글쓰기 근육'이 생기는 것이다.

한편으로 기자 시절을 돌이켜 보면 내가 다소 인공적인 방법으로 글쓰기 근육을 키웠다는 생각이 든다. 정해진 출입처와 뻔한 취재진, 신문기사라는 규정된 틀과 오랫동안 정형화된 기사 형식. 새로운 사실을 세상에 알리는 뉴스news로서 기능하기 위해서는 대체로 일정한 틀로 작성된 기사만이 상품 가치를 지닌다. 내러티브 저널리즘의 중요성을 모르는 바 아니건만, 언론 현장에서는 다양한 글쓰기 모델을 실험하고 구현하는 데 한계가 많았다. 무엇을 어떻게 써야 독자들이 흥미롭게, 또는 몰입해서 읽을 것인지에 대한 고민은 그리 크지 않았다. 대중매체는 태생적으로 일방향의 정보 전달을 목적으로 삼기에 경제적이고 효율적인 글쓰기가 주류를 이루었다.

비록 인위적인 환경에서 다져진 기술이라 할지라도, 글쓰기 근육은 나를 살게 하는 힘이 되었다. 우선 글을 쓰는 데 큰 두려움이 없었다. 무엇을 어떻게 써야 하는지 거칠 것이 없었다. 쓰고자 하는 글의 방향을 찾고 필요한 정보량을 계산해 글을 완성하기까지, 나의 숙련기술은 큰 도움이 되었다.

다만 기자로서의 글과 이후의 글에는 결정적인 차이가 있었다. 바로 '나의 언어'다. 사실 기자 시절 이름 석 자를 걸고 썼던 수많은 기사 가운데 나의 언어로 쓴 글은 몇 개 되지 않았다. 성심성의껏 취재하고 깊이 천착해서 아직도 애착이 큰 몇몇 사안에 대한 기사와 내 주관을 담아 쓴 칼럼을 제외하고, 대부분의 기사들은 그저 퇴사한 전 직장의 자산이자 공적 저작물일 뿐이라는 생각이 든다. 때로 괴팍한 데스크(편집국 내에서 취재 방향을 정하고 기사를 윤문하는 기자)를 만나면 글의 논리 구조는 물론, 필요한 팩트까지 지시받아 기계적으로 기사를 쓰는 경우도 있었으니 말이다.

기자 생활을 하면서 나의 언어로 '내 글'을 써보지 못한

회한은 뒤늦게 나를 재촉했다. 펜을 놓고 자아가 사라져버리는 기분이 극에 달할 무렵, 나는 어떻게든 나의 언어를 찾아야겠다고 생각했다. 언어를 잃어버린 삶은 기록되지도, 기억되지도 않을 것이라는 공포가 엄습했기 때문이다. 삶의 무게가 나를 짓누르고 소리 내어 말할 목소리를 잃어버렸다고 느낄 때, 내 안의 모든 것을 더듬어 나의 언어를 끄집어내고자 애썼다.

다행히 처한 현실을 하나하나 글로 풀어가면서 불안은 잠잠해지기 시작했다. 상황을 객관화할 수 있었고, 무엇이 문제인지 확신할 수 있었으며, 앞으로 어떻게 살아가야 하는지 그 답에 근접해지는 기분을 느꼈다. 냉엄한 현실과 거대한 벽을 인식하면서 오히려 막막해진 적도 있지만, 내가 어디에 서 있는지조차 모른 채 막연하게 살아가는 것보다는 나의 존재가 훨씬 분명해지는 듯했다. 자기만의 언어를 갖는 일은 삶을 되짚고 성찰하고 돌파해가는 일이며, 삶을 주체적으로 살아내기 위해 가장 절실한 과제라는 생각이 들었다. 그런 생각이 들 무렵, 은유의 《글쓰기의 최전선》에서 마주한 이 문구가 내 가슴을 파고들었다.

"삶이 굳고 말이 엉킬 때마다 글을 썼다. 막힌 삶을 글로 뚫으려고 애썼다. 스피노자의 말대로 외적 원인에 휘말리고 동요할 때, 글을 쓰고 있으면 물살이 잔잔해졌고 사고가 말랑해졌다. (…) 어렴풋이 알아갔다. 글을 쓴다는 것은 고통이 견딜 만한 고통이 될 때까지 붙들고 늘어지는 일임을. 혼란스러운 현실에 질서를 부여하는 작업이지, 덮어두거나 제거하는 일이 아님을 말이다."[1]

그의 말처럼, 글에 집중할수록 나의 고통과 불안의 근원에 무엇이 있는지 더욱 뚜렷해졌다. 곱씹을수록 고통과 불안의 강도는 잦아들었고, 삶을 개선하려면 무엇을 건드려야 하는지 조금씩 알 듯했다. 혼란은 줄어들었고, 무엇을 어떻게 행하며 살 것인지에 대한 또 다른 과제가 남았다. 그 무거운 과제는 당장의 현실을 개선하지 못할 뿐만 아니라 때로는 삶을 더욱 고통스럽게 만들기도 했다. 그러나 현실을 바로 마주하는 일은 적어도 내 삶의 완결성은 높여주었다.

글쓰기 숙련노동 10년을 넘기며, 나이 마흔을 앞두고, 삶이 막힌 길 위에서 나는 뒤늦게 찾아 나섰다. 무엇을 쓸 것인가. 어떻게 쓸 것인가. 어떤 사람이 될 것인가. 글을 통해 나는 나의 삶을 직시하고, 수용하고, 넘어서고자 한다. 나의 언어를 찾아가는 여정은 이제 막 시작되었다.

자신과 대화하십니까?

문학, 철학, 정치 등 다양한 분야를 아우르며 일본을 대표하는 비판적 지성으로 손꼽히는 우치다 다쓰루內田樹는《어떤 글이 살아남는가》에서 이같이 말한다.

> "우리는 '이미 알고 있는 것'을 쓰는 것이 아닙니다. 글을 쓰는 동안 자신이 무슨 말을 하고 싶은지, 무엇을 알고 있는지 발견합니다. 글을 써보지 않으면 자신이 무엇을 쓸 수 있는지, 무엇을 알고 있는지 알지 못합니다."[2]

무엇을 쓸지, 어떻게 쓸 수 있을지 명료한 확신 속에서 글을 쓰는 작가가 얼마나 될까. 아무리 천재 작가라 할지라도 일필휘지로 한 번에 글을 써내는 일은 드물 것이다. 유시민이 구치소 바닥에서 단 한 번의 퇴고 없이 〈항소이유서〉를 써 내려갔다지만, 물리적으로 글을 수정할 수 없던 상황에서 그는 아마 머릿속으로 수백 번 수천 번 자신의 글을 고쳐 썼을 것이다. 무라카미 하루키는 초고를 쓴 기간만큼이나 퇴고에 많은 시간을 투자하는 것으로 유명하다. 그는 글을 단단하고 굳게 만들기 위해 두드리는 집요한 '망치질'을 사랑했다.

어제 썼던 글도 하루 지나 보면 새롭다. 어디 그뿐이랴. 한 달 지나 보면 이번에는 다른 이가 쓴 것처럼 낯설게 느껴진다. 아무리 고쳐도 또 새롭게 써야 할 것이 뾰족하니 튀어나와 보인다. 과거에 쓴 글 속에서 예전의 나를 직면했을 때 부끄러움에 몸 둘 바를 모를 때도 있고, 서먹하게 느껴지는 과거의 자신으로부터 의외의 통찰을 얻을 때도 있다. 왜일까. 우리가 매일같이 스스로를 갱신하며 살아가는 존재들이기 때문이다.

글을 쓸 때는 내면의 자아가 해체되고 분열되며 재구성되는 복잡한 경험을 한다. 때로는 자신조차 몰랐던 내 안의 욕망과 의지가 튀어나오고, 때로는 자기 안의 확고한 논리들이 서로 충돌하는 바람에 예상치 못한 모순에 빠진다. 대체로 글을 쓸 때는 하나의 결론을 향해 달려가기 마련이므로, 우리는 본능적으로 그 안에서 만나는 충돌하는 논리 중 우세한 한 가지 방향을 선택하곤 한다. 그러나 때로는 결론까지 도달하지 못하고 다르게 방향을 틀기도 한다. 타인을 설득하기 이전에 글의 첫 독자인 자신을 설득하는 과정이다. 글의 완성을 향해 달려가면서 우리는 스스로 어떤 사람이었는지 거듭 확인한다.

우치다 다쓰루의 말처럼, 우리는 글을 쓰는 도중에 자신이 무슨 말을 하고 싶었는지, 무엇을 알고 있었는지, 무엇을 좋아하고 지지하는지 계속해서 발견한다. 쓰겠다고 마음먹은 순간부터 완성하는 순간까지 자신 안에서 수없이 갈팡질팡하며 정체성을 찾아간다. 도입에서 쓴 이야기를 부드럽게 이어가기 위해, 논리의 줄기를 찾고 설득력 있게 전개하기 위해, 마지막에 쓰고자 하는 결론을 벼려내기 위해 수천 번이고 수만 번이고 자신을 구성하는 다양한 요소를 끄집어내 살펴본다. 성별, 세대, 출신, 지위, 계급, 관계……. 그 사이에 충돌은 없는지, 있다면 무엇을 더 중시할 것인지, 어떤 것을 포기하고 어떤 것을 지향할 것인지. 자기 질문과 응답이 끝없이 이어진다.

누구나 언뜻 보면 대립하거나 어울리지 않을 것만 같은 정체성을 한데 품고 있다. 그것은 선천적으로 가진 면일 수도 있고 후천적으로 영향을 받은 것일 수도 있다. 비슷한 성향과 환경을 갖고 있어서 사회적으로 하나의 범주로 분류되는 사람들이라 할지라도, 자세히 들여다보면 저마다 생각과 경험이 세밀하게 다르다. 각각의 다채로운 경험에서 형성된 다양한 층위의 인격들이 어우러져서 우리는 각자 자기 자신으로 거듭난다. 각기 존재하는 내면의 모순, 개별적 취향과 선택, 환경의 변화와 영향력 등 다양한 변수에 의해 개인의 유일성, 인간의 다양성이 발현된다.

나 역시 마찬가지다. 여성, 1981년생, 대구라는 보수적인 도시에서 나고 자랐다는 점, 반대로 진보 성향의 신문사에서 기자로 일한 경력, 기혼, 유자녀, 육아로 인한 퇴사 등. 어떤 것은 태어나며 부여받았고, 어떤 것은 내가 선택한 결과다. 이미 지나온 내 삶의 증거들은 부조화와 모순적인 요소로 엉켜 있다. 누군가에게 나는 출신 지역이나 혼인 여부를 이유로 보수적인 사람일 수 있고, 또 다른 누군가에게는 여성주의적 면모라든가 출신 언론의 정치 성향을 이유로 진보적인 사람일 수 있다.

나이 서른여덟인 현재의 내게는 과거와 미래의 시간도 퇴적되어 있다. 사춘기를 맞이하던 열세 살의 소녀, 낯선 연애에 빠졌던 스물둘의 여자, 새 생명의 경이로움에 놀라던 서른셋의 엄마가 내 안에 있다. 은퇴와 노년, 죽음이라는 미래 속에 그려진 가상의 나 역시 현재의 나를 구성한다. 다양한 층위의 자아는 삶의 순간마다 시시때때로 소환된다. 이는 마주한 타인에 대한 공감을 불러일으키고 새로운 환경에 대한 낯섦과 두려움도 끄집어낸다. 그 경험마저 또 쌓이고 쌓이면서 나만의 세계가 갱신된다. 대체 불가능한 유일무이의 세계가 된다.

자신을 잘 알지 못하면 글쓰기가 어렵다. 스스로 드러낼 수 없어서다. 자기 세계가 갖는 가치를 표현할 수도 없다. 글쓴이의 인격이 담기지 않은 글은 타인에게도 매력을 주지 못한다. 독자들은 글쓴이의 닫힌 마음을 금세 알아차리고 자신도 마음을 곧바로 닫아버린다. 타인의 마음을 움직이지 못하는 글은 설득을 할 수도, 울림을 줄 수도 없다. 비록 자신을 끄집어내어 그 안의 모순을 맞닥뜨리는 일이 고통일지라도, 온전히 자신의 글을 쓰기 위해서는 그 고행과도 같은 노동을 이어가야만 한다.

몇 권의 책을 쓴 경험 때문인지, 종종 나에게 "책을 내고 싶은데 어떻게 하면 좋은가"를 묻는 이들이 있다. 또 누군가는 "글을 잘 쓰는 방법은 무엇인가"라고 묻는다. 글쓰기를 갓 시작한 사람들에게 내가 권유하는 가장 좋은 방법은 자기 이야기를 쓰라는 것이다. 언론사 입사 시험에서 치르는 글쓰기 과목 중 하나는 '작문'으로, 하나의 시제를 주고 자유롭게 쓰게 한다. 일종의 백일장이다. 작문 시험을 판가름하는 것은 도입부인데, 많은 수험생이 자신의 이야기로 글을 열곤 한다. 나 역시 식상한 사례를 끌어와 글을 시작할 바에야 자신의 솔직담백한 이야기가 훨씬 낫다고 본다. 글의 진정성을 증명하고 개성을 선보일 수 있어서다.

물론 일상을 단순하게 적는 일기나 살아온 일생을 방대하게 기록하는 전기를 말하는 것은 아니다. 자기 이야기를 글로 쓰려면 그만큼 정확하고 날카로운 분석이 필요하다. 개인의 삶은 사회적 맥락 속에 있으므로, 개별적인 일화는 사회적·정치적 혹은 철학적 주제와 연결고리를 갖는다. 자신의 이야기가 글감으로서 역할을 하게 하려면 그 경험이 관통하는 일반화된 명제가 있어야 한다. 주제를 꿰뚫는 압축적인 예시로서 현상의 정확한 단면으로 기능하지 않는다면, 개인의 에피소드는 오히려 이야기하고자 하는 바를 방해할 위험성도 있다.

따라서 자기 이야기를 쓰려면 자신을 잘 알고 객관화하는 훈련이 뒷받침되어야 한다. 먼 곳이 아니라 자기 안에서 글감을 찾되, 개인의 이야기가 보다 큰 거시적 맥락에서 어떤 함의를 지니는지 발견하는 연습은 분명히 좋은 글쓰기 훈련이 된다. 그러려면 자기 삶을 낱낱이 뜯어보고 그 구체성을 맥락화해야 한다. 나를 낱낱이 해체하고 관찰하고 비판하고 거부하는 과정을 통해 현실 속 내 좌표를 확인해야 한다. 스스로에 대해 속속들이 탐구한 이가 쓴 글은 그만큼 논리적이고 선명해질 가능성이 높다.

글쓰기는 존재를 증명하고 개인의 고유성을 발견해가는 작업이다. 글 읽기, 책 읽기가 즐거운 이유는 우주에 단 하나만 존재하는 그 사람의 세계에 들어가는 경험을 할 수 있어서다. 설령 낯설고 괴이한 글이라 하더라도 읽는 이 역시 글쓴이의 세계를 상상하고 이해하려 애쓰는 과정에서 자신의 세계가 확장되는 기쁨을 누릴 수 있다. 따라서 우리는 글을 쓰며 끊임없이 자신과 대화해야 한다. 자신이 살아온 삶, 그 경험의 힘을 믿고 스스로를 발견하는 일이 값지다고 믿기를 바란다. 그 과정에서 탄생한 글은 힘이 있다. 살아 있는 글이 된다.

나를 확장하는 글쓰기

퇴사를 앞두고 시달린 불안감 뒤에는 은근한 기대감도 있었다. 어떤 방식으로든 삶의 한 단락을 덮고 나면, 무엇이 되었건 새로운 국면이 펼쳐질 것이라는 믿음이 있었기 때문이다. 앞으로 무슨 일이 일어날지 몰라 걱정인 것과 어떤 일이든 펼쳐질 수 있기에 설레는 것은 종이 한 장 차이다. 다행스럽게도 1년 뒤, 나의 사표는 삶의 다른 문을 열었다.

처음 몇 달간은 좌절의 시간이었다. 일과 가정의 균형을 위해 사표까지 썼으니 아이들과의 시간을 최대한 확보하고 싶었다. 그러나 10년간 밀도 높은 일을 해오던 입장에서, 할 일이 없다는 사실이 무척 괴로웠다. 당시만 해도 보육 기관에 다니지 않는 두 아이를 하루 24시간 돌보아야 했고, 출근하지 않고 집에서 짬짬이 혼자 작업해 결과물을 '납품'하는 방식의 일만이 가능했다. 그러면서도 단순하거나 상업적이기만 한 일은 싫었으니, 할 수 있는 일의 범위가 너무 좁았다. 취업 시장에서 반갑지 않은 존재였을 것이다.

그래도 문은 두드리는 자에게 열리는 법이었을까. 방황하던 내게 유학 후 돌아온 회사 선배가 연락을 해왔다. '팩트체크Fact-check'를 전문으로 하는 미디어를 창간하려는데 함께 시작하자는 제안이었다. 기자로서 하던 일의 연장선일 뿐만 아니라, 변화하는 미디어 트렌드를 실험할 수 있는 좋은 기회였다. 더군다나 시공간의 제약 없이 온라인으로 '스마트 근무'를 할 수 있었다. 〈뉴스톱News True or Fake〉이라는 이름의 이 회사가 자리를 잡아가면서 방송사의 팩트체크 코너에 고정 출연하는 등 새로운 분야에서의 기회도 찾아왔다.

일은 하되 형태가 바뀐 상황에서, 나는 삶의 균형을 유지할 수 있는 노동 환경에 대해 곰곰이 생각했다. 엉덩이를 붙이고 앉아 장시간 일하는 것이 곧 능력과 충성심을 증명하는 길인 한국의 노동 문화는 삶을 무너뜨리는 주범이다. 개인의 사적 일상, 가정생활과 자녀 양육은 노동 문제에서 논외가 된다. 일과 개인의 삶 사이의 균형을 이르는, 이른바 '워라밸'을 논하는 순간 조직에서 이류 인력으로 전락하는 현실. 그 때문에 내가 회사를 떠나지 않았던가.

나와 비슷한 생각과 입장을 가진 이들을 만나는 놀라운 일도 벌어졌다. 생물학적 여성인 엄마들에게만 양육과 돌봄의 짐을 전가하는 사회에 대해 문제의식을 가진 사람들이 창립한 비영리단체 '정치하는엄마들'에 참여하게 된 것이다. 우리는 정치 참여를 통해 사회 변화를 꾀하는 국내에서 유일무이한 양육 당사자 단체였고, 창립 시점부터 대외적으로 큰 주목을 받았다. 엄마들이 주로 모인 단체다 보니 온라인을 중심으로 규합했고, 아이들이 잠든 밤 시간에 뜨거운 토론과 논의를 주고받았다. 나는 단체의 입장이나 의제를 글로 옮기는 일을 주로 맡았다. 이 활동을 통해 인생의 그 어떤 때보다 나 자신이 깨어지고, 해체되고, 재구성되는 경험을 했다.

만약 변화에 따른 혼란이 두려워 아무런 시도를 하지 않았다면 지금쯤 나는 어떤 모습일까. 주어진 현실의 벽 앞에서 돌파구를 찾지 못한 채, 하루하루를 살아내는 데 급급하지는 않을까. 일과 가정, 그 어느 쪽도 만족스럽지 못한 일상 속에서 과로와 허무함으로 괴롭지 않을까. 상상하면 아찔하다. 삶의 방향을 바꾸며 고통도 따랐지만, 돌아보면 얻은 것이 더 크다. 바로 이전에는 경험하지 못해 알 수 없었던, 새롭게 확장된 시각이다.

인간은 사회 속에서 갖가지 경험과 사건, 주변인들과의 관계를 통해 다양한 자아를 축적한다. 삶이 다층적일수록 그 사람의 내면이 풍부해질 가능성도 높아진다. 결핍의 경험이 많은 사람 가운데 타인에 대한 이해의 폭이 넓은 경우를 종종 본다. 물론 개인에 따라 불우한 삶이 자신을 파괴하는 요소로 작동하는 경우도 있기에 쉽사리 일반화할 수는 없지만, 다양한 좌절과 실패의 경험은 안전한 온실 속의 인생보다는 훨씬 더 세계를 넓혀준다.

오래전부터 청소년 권장도서 목록에 이름을 올린 탓에 이제는 식상하게마저 여겨지는 고전《데미안》은 더는 성장을 멈춘 것 같은 어른들에게도 울림을 준다. 세계의 전부인 '알'을 깨고 나오지 않으면, 우리는 늘 비좁은 알 속에 머물 수밖에 없다. 알 속은 익숙하고 편안하다. 어른이 될수록 모험의 대가는 값비싸지기에, 우리는 좁은 알 속에 자신의 몸을 맞춘 채 성장을 거부한다. 성장은 어른에게 주어진 숙제가 아니라는 궤변으로 스스로를 설득하면서.

나 역시 선택의 순간마다 그리 용기 있는 결정을 내리는 편은 아니었다. 항상 달성 가능한 목표를 세우고, 견딜 수 있는 위험 수위를 세밀히 예측했다. 웬만해서는 경계선을 넘어가지 않는 범위에서 변화를 추구했고, 단계적이고 점층적인 발전을 꾀했다. 뿌리를 단단히 내린 안전한 삶이었지만 가지가 뻗어나가는 데에는 한계가 있었다. 더 나아갈 수 없는 갑갑함을 느끼면서도 극복하는 방법을 몰랐다. 이것은 지금도 현재진행형인, 내 삶의 가장 큰 과제 중 하나이기도 하다.

인생은 뜻대로만 되지 않는다. 결혼까지는 그래도 아직 내 개인의 삶을 뒤흔드는 이벤트가 아니었지만, 임신과 출산 그리고 육아는 달랐다. 나의 엄밀한 계측과 성실한 실행력만으로는 극복할 수 없는 다른 차원의 영역이었다. 어느 것 하나 내 뜻대로 되는 게 없었다.

궁지에 몰린 듯 갑갑한 상황에서 신기한 경험을 했다. 돛이 뽑힌 채 풍랑 속을 부유하는 배처럼 휩쓸리다 보니, 바다 위에서 파도에 몸을 맡긴 채 균형 잡는 법을 익히게 된 것이다. 조금 기울어지거나 몸체 안으로 바닷물이 들어와도 아랑곳하지 않고 안전하게 항해할 수 있는 요령을 알게 되었다. 마음은 오히려 평온해졌다고 할까. 스스로 용감하게 삶을 개척해나가는 수준까지는 못 되더라도, 의도치 않은 외부의 충격으로 삶이 뒤흔들려도 이겨낼 수 있다는 정도의 배짱은 갖게 되었다. 오랜 계획을 포기하는 것은 곧 새로운 계획에 진입하는 것이며, 의도치 않은 상황에 뛰어드는 것은 결국 새로운 의지를 발견하는 일임을 알게 되었다.

인생을 송두리째 바꾸거나 대단한 모험을 하지 않더라도 자신의 세계를 확장하는 방법은 또 있다. 그중 가장 효율적인 방법은 다른 이의 세계에 몰입하는 것이다. 타인이 쓴 책 속 문장에 빠져드는 일일 수도 있고, 타인과의 관계에 집중하는 일일 수도 있다. 나는 독서를 편집적으로 하는 편인데, 이는 몰입의 다른 양상이다. 어떤 한 가지 생각과 주제에 관심을 갖게 되면 관련 영역의 레퍼런스를 탐독하고는 한다. 이 책의 원고를 쓰기 위해서는 주로 글쓰기와 페미니즘에 관한 책들에 천착하고 있다.

독서가 정적인 자아 확장의 도구라면, 타인과의 관계는 동적인 자극을 선사한다. 살아 있는 상호작용 가운데 스스로를 발화하는 경험은 사고를 더욱 단단하게 다져준다. 특히 그 과정에서 자신을 향한 비평을 듣는 것은 중요한 기회다. 물론 체면과 예의를 중시하는 한국 사회에서 타인에 대해 적확한 비판과 조언을 주고받기는 쉽지 않다. 위계와 가부장적 질서가 뿌리 깊은 한국적 문화도 한몫할 것이다. 일반적으로 나를 비판하는 이야기를 들으면, 비판의 지점에 주목하기보다 나라는 존재 자체를 부정하는 말로 오해하고는 한다. 자기 객관화가 낯설고 이와 같은 경험이 별로 없기 때문이다. 그러니 나에게 신랄한 비평을 해주는 누군가가 있다면, 그 자체로 행운이다. 인간에게 그보다 더 효과적인 충격과 변화의 계기란 또 없으니까 말이다.

크고 작은 모험이든 타인과의 상호작용이든, 변화를 추구하는 과정에서 꼭 필요한 것은 그 결과를 나만의 것으로 소화하는 일이다. 바로 기록이다. 기록은 자신을 더욱 선명하게 규정한다. 인생을 눌러 담아 쓰는 글에는 확장된 나의 세계가 담긴다. 꾸준한 성찰의 결과가 쌓이면서 내 삶의 반경이 넓어졌음을 확인할 수 있다. 넓어진 시야 속에서 사고는 더욱 깊어지고, 글감은 더욱 풍부하게 발견된다. 결국 글은 삶으로, 삶은 글로 선순환된다.

이야기로 구성되는 기억과 삶

갓 대학에 들어갔을 무렵 홍상수 감독의 영화 〈오! 수정〉을 봤다. 감독의 명성만 듣고 선택했던 그 영화는 10대 때 봤던 달달하기만 한 로맨스 영화들과는 달랐다. 관람 후 그다지 유쾌하지 않은 찜찜함이 남았던 기억이 난다. 영화는 등장인물의 공통된 일화를 두고 저마다 다른 기억을 토대로 해서 그려낸다. 여자의 시각, 남자의 시각으로 각기 풀어가는 까닭에 같은 사건에 대한 묘사가 조금씩 다르다.

특히 키스에 대한 남녀의 기억은 판이하게 다르다. 여자는 첫 키스 후 울음을 터뜨린 것으로 기억한다. 그러나 남자가 기억하는 여자는 키스 후 그저 수줍어했다. 남자의 기억 속에서 여자의 울음은 삭제되었지만, 여자의 기억 속에서 자신의 울음은 클라이맥스다. 순수함을 과시하고 싶어서였는지 몰라도 여자에게 키스보다 중요한 사건은 눈물이었다.

기억은 자신의 바람대로 가감되고 조작된다. 홍 감독은 한 인터뷰에서 "기억은 상황에 따라, 그 사람의 욕망에 따라 변질되는 것"이라고 말했다. 사람마다 기억이 다른 것은 각자 다른 이야기를 갖고 있기 때문이다. 기억은 이야기의 구조와 닮아 있다. 사건을 맞는 '나'라는 주인공이 있고, 내가 겪는 사건의 원인과 전개 과정, 사건을 통해 얻은 나의 감정과 생각 등이 한데 묶여 기억을 구성한다. 각자의 변수에 따라 다른 이야기로 각색되는 것이다.

커뮤니케이션 학자 월터 피셔Walter Fisher는 인간을 내러티브적 존재로 보았다. "사람은 이야기하는storytelling 동물"이라는 명제는 인간 본성의 실체를 묻는 질문에 그가 내린 결론이다. 그는 인간의 삶 자체가 인물의 독특한 고유성, 그 사이의 갈등, 시작과 전개 과정을 거쳐 끝을 맺는 지속적인 이야기로 구성된다고 보았다.

특히 피셔는 자신의 이론 '내러티브 패러다임narrative

paradigm'을 통해, 커뮤니케이션 학문의 역사에서 그동안 간과된 감정, 가치 등 비이성적인 요소를 중시했다. 이야기를 구성하기 위해서는 단순한 논리적 전개 외에도 인간의 감정이 미치는 영향이 크다고 보았기 때문이다. 인간은 본능적으로 모든 대상과 사건에 대해 호불호를 비롯한 복잡한 감정을 갖는다. 그리고 그 정서적 토대 위에서 고유한 시선이 발현된다. 똑같은 사안을 바라보는 사람들이 각기 다른 판단을 내리는 것은 궁극적으로 감정의 발판이 제각각이어서다.

〈오! 수정〉이 여느 영화와 달리 다소 매끄럽지 않아 보이는 것은 이 때문이다. 감독의 영화적 장치일 테지만 제3자적인 카메라 시선이 인물을 따라다닐 뿐, 렌즈에는 별다른 감정이 개입되지 않는다. 기억의 파편 조각을 얼기설기 엮어놓은 듯 거칠고 건조하다. 우리의 현실을 있는 그대로 관찰한다면 아마 이 영화와 비슷할 것이다. 감정은 개인의 내면에만 존재할 뿐, 겉으로 드러나고 증명되지 않는다. 그런데 있는 그대로의 현실처럼 그려낸 영화에 우리는 낯섦을 느낀다. 이 아이러니는 그만큼 인간의 사고체계가 자의적임을 증명한다.

대중에 익숙한 영화적 문법은 '드라마'다. 기억은 장르적으로 보자면 다큐멘터리보다 드라마에 가깝다. 드라마에서는 누군가가 주인공이 되고, 그를 중심으로 모든 사건이 벌어지면서, 그의 감정 흐름에 따라 일화가 그려진다. 감정이 고조되면 카메라는 얼굴을 클로즈업하고, 갈등 상황을 긴박하게 연출한다. 사건은 어느 순간부터 시작되고 일순간 종료된다. 우리의 기억 역시 드라마의 카메라처럼, 본인이 주목하는 대상과 현상에 더욱 몰입하여 편집을 거듭한다.

편집 후 완성된 필름들은 기억의 저장고에 차곡차곡 쌓인다. 마치 애니메이션 영화 〈인사이드 아웃〉에서 주인공의 기억이 여러 감정의 카테고리로 분류되어 저장된 것처럼 말이다. 나의 경험이 이야깃거리가 되지 않는다면 그 사건은 기억 속에서 폐기될 가능성이 높다. 반면 스스로 의미를 부여할 만하고 현재의 삶에 영향을 미칠 만한 기억은 계속해서 소환된다. 무슨 이야기를 하느냐, 어떤 기억을 불러내느냐는 그 사람이 어떤 사건을 의미 있게 기억하고 해석하느냐, 어떻게 사건을 편집하느냐의 문제다. 그것은 그가 어떤 사람인지와도 직결된다.

글쓰기는 결국 자신의 기억을 끄집어내 사람들에게 들려주는 일이다. 기억 속 이야기 덩어리들은 요리를 위해 준비된 냉장고 속 식재료와도 같다. 냉장고가 가득 차 있으면 끼니가 다가와도 걱정이 없듯, 기억 속 이야기 저장고가 가득하면 글을 쓸 때도 거침이 없다. 어떤 글이든 자신만의 요리로 풀어낼 자신감이 생긴다. 이야기를 잘 정리하고 저장해두는 일은 그래서 중요하다. 평소 아무리 작은 사건이라도 세심하게 관찰하고 의미를 부여하며 기록하는 것은 좋은 글쓰기 훈련이 된다.

요즘은 가볍게 글쓰기를 이어가기에 좋은 환경이다. 개인 블로그, 소셜 미디어가 넘쳐나고 다양한 독자들로부터 피드백을 받을 수 있다. 나 역시 작은 에피소드를 페이스북에 자주 기록하는 편이고, 글감이 쌓이면 이를 좀 더 긴 콘텐츠로 재구성하곤 한다. 불특정 다수를 대상으로 하는 온라인이라는 공간은 비교적 손쉽게 독자의 솔직한 평가를 받을 수 있다. 긴장감을 놓치지 않고 지속적으로 글쓰기 연습을 할 수 있다.

한편 작은 사건을 의미 있는 이야깃거리로 간직하다 보면, 일종의 패턴을 발견하는 경우가 생긴다. 기자들은 "케이스(사례) 세 개만 있으면 기사를 쓸 수 있다"는 농담 반 진담 반의 이야기도 하는데, 단편적인 사례가 반복되는 것은 어떤 현상의 큰 경향성을 보여주는 전조이기 때문이다. 우리 각자의 이야기 역시 마찬가지다. 반복되는 이야기의 패턴이 있다면, 그것은 바로 한 사람의 가치관과 세계를 말해주는 증거가 된다. 때로 이러한 사례들이 쌓이고 쌓일 때, 쓰지 않고는 못 배기는 느낌을 받을 수도 있다. 이 이야기를 할 사람은 오직 나뿐이라는, 일종의 사명감까지 생기곤 한다.

이야기는 때에 따라 상황에 따라 다른 모습으로 변신하기도 한다. 어떤 눈으로 세상을 바라보느냐, 어떤 마음으로 스스로를 바라보느냐에 따라 같은 사건도 다른 이야기로 변주된다. 같은 책, 같은 영화라도 10대 때 보는 것과 40대 때 보는 것은 감상평이 다르다. 20대에 겪은 아프기만 한 이별의 기억은 10년 뒤 자신을 성찰하는 계기가 될 수 있다. 자신의 이야기는 기억 속에서 새롭게 써나갈 수 있다. 달라진 시각을 통해 성장이 증명되기도 하고, 과거의 오류를 고치며 새로운 의미를 찾을 수도 있다. 기억은 내가 어떻게 꺼내 마시느냐에 따라 마르지 않는 샘이 된다.

《천일야화》의 셰에라자드는 하룻밤을 보내고 여자를 죽이는 포악한 왕에게 이야기를 들려줌으로써 목숨을 구한다. 이야기하고자 하는 욕망은 듣고자 하는 욕망과 만나 폭력과 죽음의 위기를 사랑과 삶의 에너지로 변화시킨다. 이야기의 힘은 그만큼 강력하다. 인간은 이야기를 통해 존재를 확인하고, 또 그 이야기 속에서 의미 있는 존재가 되고자 애쓴다. 이야기 덩어리를 엮은 글은 삶의 의지이자 욕망의 실현이다. 글쓰기는 그렇게 원초적인 에너지에서 비롯하는 일이다.

나만의 특별함을 찾아서

'특별特別: 보통과 구별되게 다름.'

사람은 누구나 특별한 이야기에 끌린다. 주변에서 흔히 볼 수 있는 보통의 이야기와는 구별되는 무언가 다른 이야기. 비범함과 평범함을 구분하는 독자들의 감각은 너무도 날카로워서, 한두 단락만 읽어도 그 글을 계속 읽을지 멈출지를 판단한다. 글쓰기가 두려운 이유 중 하나는 자신의 이야기가 그리 특별할 것 없을지 모른다는 의심, 그 때문에 독자로부터 외면받을지 모른다는 불안감 때문이다.

특별한 이야기란 무엇일까. SF영화 〈패신저스〉에는 인류가 개척한 새로운 행성에서의 경험을 책으로 쓰기 위해

120년 동안 동면 상태로 우주를 날아가는 작가 오로라 레인(제니퍼 로렌스)이 등장한다. 그의 계획은 120년 동안 우주를 날아가 1년간 새로운 행성에서의 삶을 기록하고 다시 120년 동안 지구로 돌아오는 것이었다. 우주를 여행하고 241년 만에 지구로 돌아와 인류 최초의 위대한 이야기를 쓸 수 있다니, 작가에게 이보다 특별한 기회가 있을까.

현실 속 작가들 가운데에도 전쟁에 참여했거나 격동의 시대를 거쳐서 영화나 소설보다 더 드라마틱한 인생을 살아온 이들이 많다. 평범한 인생에는 없었을 고뇌와 성찰의 깊이를 가늠하자면, 작가의 자격이란 특별한 운명의 소유자에게 따로 있으리라는 좌절감도 피어오른다. 그러나 그렇다고 해서 꼭 그런 굵직한 경험을 해야만 멋진 글을 쓸 수 있다고 생각할 필요는 없다. 시대가 달라진 까닭이다.

소설가 김영하는 산문집 《말하다》에서 스스로의 삶이 너무 평범해 '작가가 못 되겠구나' 생각한 순간이 있었다고 고백했다. 하지만 이어 자신의 걱정이 '시대적 변화를 잘 보여주는, 낡은 고민'이었음도 털어놓았다. 그는 이렇게 말한다.

"그런데 시대가 변했습니다. 이제는 일상의 문제라든가 세계가 그렇게 드라마틱하게 변하지 않는다는 것, 그런 비루한 일상 속에 갇힌 인간들의 삶을 다루는 문학의 시대가 왔어요."[3]

특별하고 위대한 경험이 멋진 글을 쓸 수 있는 기회를 선사하긴 하지만 좋은 글을 보장해주는 충분조건은 아니다. 이야기는 작가의 고뇌로부터 태어난다. 우리 시대의 특별한 이야기란 대단한 경험이나 소재보다, 이야기를 만들어내는 글쓴이의 독자적인 시각으로부터 출발할 확률이 더 높다. 평범하고 단조로운 일상 속에서 특별한 이야기를 길어내는 것은 작가의 관점과 노력이다. 이는 글을 쓰고자 하는 보통의 모든 이들에게 희소식이자, 고통의 시작이기도 하다.

한국 대학 사회의 부조리한 현실은 우리나라 사람이라면 대충은 알 만한 식상한 소재이지만, 《나는 지방대 시간강사다》의 김민섭은 당사자의 시각에서 그 적나라한 맨얼굴을 질감 있게 담아냈다. 베스트셀러 《82년생 김지영》을 쓴 조남주 역시 평범한 한국 여성의 일상 속에서 뿌리 깊은 성차별의 증거를 일일이 끄집어냈다. 그 기록들은 너무도 흔하고 평범한 이야기라서 더욱 충격적이고 새로웠다.

보통의 세계에서 특별함을 발견하고 글로 쓰는 것이 쉬운 일은 아니다. 현상을 꼼꼼히 들여다보고 유의미한 것과 아닌 것을 구분하며, 그중 거시적이고 통시적인 굵은 주제와의 연결고리를 찾아 세밀하고 친절하게 묘사하는 일. 모든 과정에 글쓴이의 날카로운 렌즈가 작동해야 한다. 어떤 현상을 관찰할 것인가, 그중 무엇을 골라낼 것인가, 그것은 어떤 이야기의 한 단면인가, 어떻게 표현해낼 것인가. 이 모두가 쓰는 이가 홀로 감당해야 할 외로운 숙제가 된다.

하지만 이 과제의 무게를 견뎌내는 방법이 있다. 혼자서만 감당하지 않는 것이다. 비슷한 고민을 해온 앞선 이들의 글을 탐독하고, 같은 숙제를 안은 이들과 함께 생각을 나누는 일이다. 그것은 현상에 대한 취재일 수도 있고, 하나의 주제에 대해 사람들과 나누는 진지한 논의일 수도 있다. 그 과정을 통해 이야기에는 구체성이 더해지고 깊은 사유가 담긴다. 나의 고뇌가 나만의 것이 아니라는 사실, 유사한 고민을 안고 있는 이들이 많다는 사실, 그에 대한 답을 구하고자 하는 요구가 있다는 사실. 실존하는 수요를 확인하고 나면 글을 써야 할 이유가 보다 확고해진다. 이 과정이 없다면 글 속에 허세와 관념이 가득 찰 위험이 크다.

처음으로 책을 쓰고자 마음먹었을 때 가장 필요했던 것은 자기 확신이었다. 첫 책의 주제는 한국 언론의 디지털 혁신 현황과 미래 과제에 관한 것이었는데, 책을 쓰기 전까지나 스스로 기자로서는 물론이고 관련 석사 논문을 쓴 연구자로서도 온라인 저널리즘에 대해 잘 알지 못한다고 생각했다. 인터넷 보급률이 높아지고 닷컴 열풍이 불던 2000년대 이전부터 온라인 저널리즘에 대한 관심을 꾸준히 가져온 선배 언론인과 학계의 연구자도 이미 많이 있었다. 그렇기에 내가 이런 주제로 책을 쓸 수 있으리라는 생각은 하지 못했다.

하지만 세상은 끊임없이 모습을 바꾼다. 2010년 이후 스마트폰 보급이 확산되고 언론의 온라인 뉴스 환경도 대대적으로 변화했다. 나는 2011년부터 퇴사 직전까지 신문사 편집국 내에서 온라인 저널리즘을 연구하고 실험하는 팀에서 일했다. 당시 언론들은 국내외 할 것 없이 혼돈과 변화 그리고 혁신의 시기를 보내고 있었는데, 특히 한국의 온라인 뉴스 시장은 지나치게 포털에 의존하는 유통망이 형성되어서 저널리즘의 위기와 뉴스 시장의 왜곡이 심각한 수준이었다.

나는 오늘날 언론 생태계를 뒤흔드는 근본적인 원인 중 하나가 내가 관찰한 이 문제라고 생각했다. 하지만 나와 같은 고민을 하는 이가 많지는 않았다. 현장을 취재하는 기자들은 이런 현실에 관심이 없었고, 연차가 높은 데스크급 이상의 기자들은 온라인을 비주류로 취급했다. 온라인 뉴스를 담당하는 기자들은 하루하루 기사를 생산하는 데 급급한 노동 환경에 놓여 있었고, 그나마 관심을 갖는 언론학자들은 현장 상황을 잘 몰랐다.

답답한 마음에 이 문제를 통시적으로 깊게 다룬 책을 찾고자 했지만, 이미 트렌드가 지나간 수년 전의 텍스트만 존재했다. 시시각각 변화하는 온라인 저널리즘 현장을 해당 시점에 전반적으로 담아낸 책은 찾아볼 수 없었다. 동료 선후배 기자, 학계와 현업의 전문가들과 현안에 대해 이야기하는 과정에서도 2010년 이후 한국의 온라인 저널리즘 현황을 기록할 필요성을 느꼈다. 그동안 현장 속에 있어서 내가 마주한 현실이 크게 특별하지 않다고 여겼지만, 상황을 객관화할수록 이 현실을 자세하게 서술하는 것 자체가 특별한 이야기가 될 수 있다는 확신을 갖게 되었다.

자기 확신을 가진 후의 글쓰기는 일사천리였다. 주제를 정교화하고, 자료를 수집하고, 논리를 정렬하고, 기록을 이어가는 일은 즐거움과 카타르시스의 향연이었다. 배 속에 둘째 아이를 품고 있었지만 몸이 고된지도 모르고 작업에 몰두했던 기억이 난다. 나의 경험과 사유에 대해 글을 쓸 수 있는 기회 그리고 완성된 책을 흥미롭게 읽어줄 독자를 생각하며 감사하고 즐거운 마음뿐이었다.

자신의 글이 특별한 이야기가 될 수 있다는 확신은 독자를 생각하는 마음에서 나온다. 읽는 이가 나의 글을 통해 새로운 정보와 관점을 얻을 수 있으리라는 믿음이 확고해지면 글을 쓸 용기가 샘솟는다. 미래의 독자는 끊임없이 새롭고 유일한 글을 추구하도록 작가를 인도하는 나침반과도 같다. 글은 결국 타자와의 소통을 위한 도구이기 때문이다. 자신만의 구체적 서사가 지니는 힘을 믿는다면, 그것이 독자에게 가닿을 방법이 무엇인지 끝까지 고민하면 된다. 특별한 이야기란 그 과정에서 피어나는 결실이다.

#1. 어떻게 쓸 것인가: 구조와 흐름

그림 그리는 것을 좋아한다. 학창 시절에 유명 만화가들의 그림을 얼추 비슷하게 따라 그려서 친구들에게 인기를 좀 끌었다. 하지만 나는 늘 어딘가 아쉬웠다. 사물을 입체적으로 바라보거나 구조를 이해하는 눈이 부족했던 것을 스스로 알고 있었기 때문이다. 공교육에서 제대로 가르치지 않았거나 내가 게으른 학생이었는지는 모르겠지만, 미술의 기초를 제대로 배운 기억이 없었다.

대학 때 정식으로 데생을 배우기로 마음먹고 미술학원에 찾아갔다. 역동적으로 잘 표현된 생물의 동작, 빛에 따라 변화하는 물체의 특성을 그려보고 싶었다. 선생님은 첫 시간에 구조와 뼈대를 보는 법을 가르쳐주었다. 원근감, 입체감 등을 표현하는 기초적인 기술이었다. 물체의 중심축을 파악하고 뼈대를 이해한 뒤에 살을 붙여야만 비로소 형태가 표현된다는 사실을 그때 깨달았다. 그동안 그려온 그림이 종이 인형이었다면, 이후 그리기 시작한 그림은 입체 인형이 되어갔다.

글쓰기도 그림 그리기와 유사하다. 구조와 뼈대를 만드는 것은 글쓰기의 기초 공사다. 글에서 구조란 곧 논리다. 이야기하고자 하는 바를 전개하는 논리의 골조를 짜는 과정이 필요하다. 튼튼한 건축물을 짓기 위해 균형 있게 잘 설계된 도면이 존재해야 하듯, 글을 쓸 때도 논리 구조를 그린 마인드맵과 같은 전개도를 그려봄 직하다. 잘 짜인 논리 구조가 완성된다면, 그 위에 풍부하게 살을 입히고 다채롭게 색을 칠함으로써 안정된 글쓰기를 할 수 있다.

1) 구조의 구축

글을 쓸 때 가장 먼저 하는 일이 무엇일까? 사람마다 다르겠지만, 나는 제목(가제)을 정한다. 하고 싶은 이야기의 핵심을 몇 개의 단어로 적어본다. 내가 적은 단어들로 내가 하고픈 이야기를 명확하게 표현할 수 있는지를 검토한다. 학술 논문을 쓸 때도 마찬가지다. 한 줄의 명제로 검증하고 싶은 주제를 설명할 수 있는지 적어본다. 논지가 구축된 후에는 명제를 쉽게 표현할 수 있는 제목으로 다듬는다. 글을 완전히 완성한 후에는 '진짜 제목'을 최종적으로 정한다.

다음은 차례 쓰기다. 이야기하고픈 주제의 가지를 뻗는 과정이다. 처음에는 굵은 줄기를 찾는다. 큰 줄기가 몇 개로 나뉘면, 줄기별로 더 잘게 가지를 낸다. 대주제(제목)-중주제(장 제목)-소주제(개별 글의 제목)를 단계별로 도식화한다.

글쓰기는 재능보다는 치밀한 계산과 묵묵한 노력의 산물이라고 생각한다. 물론 꼭 처음 구상대로 글을 쓸 필요는 없다. 계획대로 써지지 않을 가능성도 높다. 그러나 구상의 과정은 글쓴이가 글의 전체적 구성을 미리 정리해봄으로써 글의 논리적 오류를 최대한 줄일 수 있도록 돕는다. 사전에 주제를 최대한 다각도에서 입체적으로 들여다보는 기회도 만들어준다.

거꾸로, 책 읽기를 보다 효율적으로 하는 방법 역시 제목과 차례를 이해하는 것이다. 차례에는 저자가 말하고자 하는 이야기가 논리의 전개 순서대로, 혹은 유사한 무게의 이야기 덩어리들이 병렬적으로 배치되어 있다. 책이 어디서부터 출발해 어디로 향하는지 알려주는 지도 역할을 하기도 한다. 큰 차례와 작은 차례들을 도식화한 그림을 먼저 머릿속에 넣어두면, 보다 구체적이고 상세한 내용을 찾아 꺼내기도 쉬워진다. 물건을 서랍장에 체계적으로 정리하고 레이블링까지 꼼꼼히 해두면 나중에 쉽게 찾을 수 있는 것과 같은 이치다.

2) 전개를 위한 구상

소주제로 들어가 글을 쓸 때도 구조를 구축하는 일은 중요하다. 한 편의 글 안에서의 구조란 바로 매 단락을 잇는 논리의 흐름이다. 학창 시절 국어 시간을 떠올려보자. 교과서나 참고서 지문에서 단락별 핵심 주제를 찾아내는 연습을 했을 것이다. 지루하고 기계적인 학습 방법으로 기억하지만, 구조를 파악하는 것은 글의 논리를 이해하는 데 꼭 필요한 일이기도 하다.

사실 단락별 주제를 파악하는 데는 글 읽기보다 글쓰기가 훨씬 효과적이다. 경험에 의하면, 스스로 논리를 정돈하고 단락별로 구조화하는 경험을 가지고 난 뒤에는 글을 보는 눈높이가 달라진다. 요리를 해보지 않은 채 음식의 재료나 조리법을 추론하는 것보다, 필요한 재료를 직접 마련하고 조리를 해본 뒤 음식에 대해 분석하는 것이 훨씬 정확한 것처럼 말이다.

뼈대로서 단락의 구조를 구상한 뒤에는 그 위에 문장으로 살을 입히는 일이 수월해진다. 물론 문장에 멋을 부리고 다채롭게 표현하는 역량은 개인의 경험과 사유에 따라 변수가 많다. 재능과 독서 경험치의 영향도 크다. 그러나 모두에게 공평하게도, 글의 논지를 전개하기 위해 탄탄한 밑그림을 그리는 능력은 노력의 산물이다.

최근에는 구조적 글쓰기에 대한 회의적인 시각도 있다. 컴퓨터로 글을 쓰는 시대에는 문장을 지우고 고치고 옮기는 일이 손쉽게 가능하기 때문이다. 애초에 구상한 구조에 얽매여 사고의 확장을 가로막으리라는 지적도 가능하다. 물론 직관을 우선해서 글을 쓰는 일을 틀렸다고는 볼 수 없다. 나만 해도 어느 정도의 얼개를 짜놓지만, 여러 차례 수정을 가하고 즉흥적으로 쓰기도 한다. 과정은 개인의 선택이다. 다만 완성된 글에 일정한 구조가 존재한다는 것은 분명한 사실이다.

3) 문단의 건축적 배치

문학평론가인 신형철 조선대 교수가 글쓰기 강좌에서 강조한 부분이 인상적이어서 〈단비뉴스〉의 기사를 스크랩 해두었다. 그가 제시한 글쓰기의 다양한 준칙 가운데 나의 눈길을 끌었던 것은 '건축적 배치'다. 신 교수가 학생들에게 나누어준 글에는 공통점이 있는데, 바로 단락마다 유사한 분량의 글이 담겨 있다는 점이다.

매 단락 분량이 맞춰진 글은 정갈하게 쌓아 올린 블록처럼 보이는 문자 덩어리에 불과한 듯하지만, 그 효과는 생각보다 크다. 문단의 분량이 비슷하면 글의 호흡과 리듬에서도 균형감을 갖추고 있을 가능성이 높다. 첫 단락에서 서술한 사안과 대조되는 문제를 두 번째 단락에서 다룬다고 할 때, 분량의 균형이 깨진다면 논리적 비약이 생기기 쉽다. 균형감을 상실할 가능성이 있고, 독자들을 충분히 설득하기 어려워진다. 신 교수는 이렇게 말한다.

"첫 단락에서 열 줄을 썼는데 두 번째 단락에서 열한 줄이면 한 줄을 줄이기 위해서 퇴고를 합니다. 다시 보면 꼭 쓸데없이 늘여 쓴 말들이 있어요. 마찬가지로 어떤 단락은 여덟 줄밖에 안 된다면 설명에 부족한 부분이 없는지 들여다봅니다. 기사 역시 이런 식으로 나름대로 건축적 배치를 갖춰나가면 완성도를 높일 수 있을 겁니다."[4]

2장

진실을 찾는 글쓰기

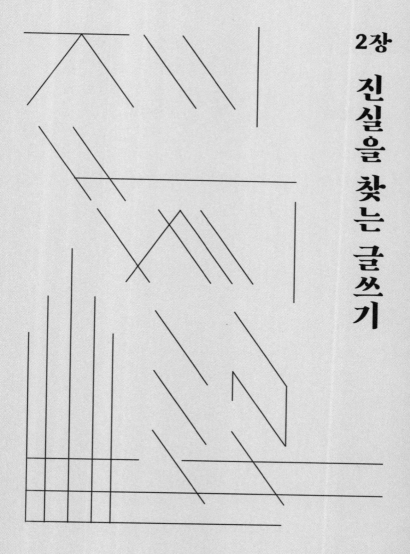

'그림 그리듯' 쓰기 위하여

"형님, 사건 있습니까?"

2005년 한겨울의 새벽, 기자 명함을 처음 판 후 서울 서대문경찰서의 문을 두드려 건넨 첫 질문이었다. 나보다 한 달 앞서 입사한 다른 언론사의 수습기자로부터 들은 노하우를 토대로, 철저히 준비한 대사였다. 최대한 '초짜' 같아 보이지 않게끔 형사들을 "형님"이라는 '업계 용어'로 부르고, 이야기가 될 만한 사건의 유무에 대해 '나는 이미 다 알고 있다'는 눈빛으로 무심한 듯 날카롭게 훅, 잽을 날리듯 물을 것.

지금 생각하면 대학을 갓 졸업한 신참 수습기자가 아무

리 꾸미고 젠체한들 뭘 얼마나 알고 있는 것처럼 보였겠느냐마는, 그때는 아는 게 아무것도 없다는 사실을 들키지 않는 것이 지상 최대의 과제였다. 동시에 내면적으로는 이전까지 내가 알고 있던 대부분의 지식과 정보가 취재 현장에서 하등 쓸모없는 빈껍데기에 지나지 않았음을 깨닫는 지난한 성찰의 시간이기도 했다.

수습기자 교육 프로그램 '하리꼬미はりこみ(잠복한다는 뜻으로 쓰이는 기자들 사이의 은어로, 경찰서에서 숙식하며 사건·사고를 취재하는 일)'. 내게 당시 세상은 서울 시내 31개 경찰서를 구역별 9개로 나눈 '라인'으로만 존재했다. 새벽마다 택시를 타고 라인을 도느라 하루 3~4시간씩 자면서, 어디에선가 벌어지고 있을지 모를 사건을 놓칠세라 전전긍긍했던 날들의 연속이었다. 사건 담당 기자를 '사쓰마와리察回り'라고 부르는 이유는 경찰서를 무한히 돌며 취재하는 일본식 관행이 남아 있었기 때문이다.

누군가를 단련시킨다는 명목으로 극한 상황에 몰아넣고 일방적으로 가르치는 전근대적 도제식 교육. 이제는 비인권적 구습이라며 많은 언론사가 없애고 있는 하리꼬미를 통해, 반백 년 넘는 오랜 시간 한국의 기자 집단이 길러졌다. "수습은 사람이 아니다"라는 말이 교육 지침으로 여겨질 만큼 인권 의식이라고는 찾아볼 수 없었고, 언론과 경찰이라는 두 남성 중심적 조직 사이에 마련된 시스템인 만큼 성별을 불문하고 경찰을 '형님'이라 부르라고 가르치는 성차별도 거리낌 없이 시연해온 체제. 지금 와서 그 시절을 추억처럼 소환하고 싶은 것은 아니다.

다만 당시에 깨달은 취재의 '에이비시ABC'는 지금도 글을 쓰는 데 여전히 유효한 부분이 있기에 이렇게 기억을 꺼내본다. 글의 재료를 수집하고 이야기를 구성하는 기초적 기술을 나는 이때 체득했다.

수습기자 시절 선배로부터 가장 많이 받은 질문 중 하나는 "이야기(가) 돼?"였다. 그 질문에 명료하게 답하려면 사건이 기사로서 가치가 있는지, 기사를 쓰기 위해 충분한 취재를 했는지, 주제와 논리가 선명한지 등 여러 판단을 해야만 한다. 허투루 임하다 보면 질문에 답할 수 없다. 질문과 답변을 거듭할수록, 그간 소비만 해온 입장에서 이야기를 생산한다는 것이 얼마나 다른 차원의 일인지 절실히 깨달았다. 또한 그 과정에 얼마나 많은 유·무의미한 노동이 수반되는지도 알게 되었다.

그렇게 쌓은 취재기자로서의 경험이 내게 남긴 유산이

있다면 '그림 그리듯' 사실을 수집하는 일이다. 진실에 가장 근접한 기사를 완성하려면, 논리적 흐름에 막힘이 없도록 필요한 사실 하나하나가 적확한 위치에 놓여 있어야 한다. 꼭 기사가 아니더라도 글을 통해 자신의 생각을 전개한다는 것은 이야기의 전개도 위에서 논리의 덩어리를 적재적소에 배치하는 일과도 같다. 필요한 재료가 무엇인지, 그것을 어떻게 엮어낼 것인지, 총체적으로 그려낼 그림이 무엇인지에 대한 질문에 답할 수 있어야 글은 비로소 완성을 향해 달려간다.

이를 위해 사건·사고를 취재해 기사로 다루는 것은 매우 유용한 훈련이었다. 기사란 사건에 대한 정보가 전혀 없는 독자에게 최대한 사실에 근접한 이야기를 제공하는 글로서, 기자가 사건을 직접 목격하는 일은 거의 불가능하므로 대체로 사후 취재로 이야기를 완성한다. 한두 가지 단서만 있거나 아예 아무것도 없는 상태에서 이미 지나간 사건을 하나하나 복원해야 하는 것이다. 취재를 허투루 하거나 거짓으로 하면 자연히 이야기에 구멍이 생기기에, 사실만을 기반으로 이야기를 만들어내는 연습은 상당히 난이도가 높다. 그렇지만 그만큼 성취도도 높다. 결국 기사란 이야기의 빈 구멍을 오로지 취재만을 통해 그림 퍼즐 맞추듯 메워

낸 결과물이다.

물론 이 작업은 쉽지 않다. 예컨대 절도 사건이 벌어졌다고 가정해보자. 아래는 수습기자라면 한 번쯤 써봤음 직한 가상의 기사다.

> "서울 마포경찰서는 10일 편의점에서 아르바이트를 하다 분유를 훔친 김 모 씨(35·여)를 절도 혐의로 불구속 입건했다. 경찰에 따르면 김 씨는 두 달 전부터 지난 9일까지 자신이 일하던 서울 마포구 공덕동의 한 편의점에서 분유 3통을 훔친 혐의를 받고 있다. 경찰 조사 결과 김 씨는 생활고로 생후 10개월인 딸에게 먹일 것이 없어 이 같은 범행을 저지른 것으로 나타났다."

이 204자짜리 세 문장의 기사 하나를 완성하기 위해 기자가 확인하고 취재해야 하는 사실은 몇 가지나 될까. 우선 경찰서에서 사건기록부를 뒤적이다 '절도'라는 사건을 발견하고 담당 형사에게 끈질긴 질문 공세를 퍼부어야 한다. 이름과 혐의 외에 자세한 정황은 알 길이 없으니 거의 모든 것이 다 백지상태다. 이때 육하원칙은 기본. 김 씨(누가)는 언제, 어디서, 무엇을 훔쳤는가? 분유라고? 왜 분유를 훔쳤는가? 어떻게 훔쳤으며 어쩌다가 잡혔는가?

이 질문에 대한 답변만으로 위의 기사를 쓸 수 있을까? 쓸 수 없다. 위의 질문에는 김 씨가 해당 편의점에서 아르바이트를 하던 종업원이었다는 사실, 김 씨의 아이가 생후 10개월이라는 사실, 그동안 생활고에 시달려온 사실, 훔친 분유가 모두 3통이라는 사실 등이 빠져 있다. 이 사건을 기사로 만들어주는 것은 육하원칙에 따른 질문에는 담기지 않은 김 씨의 '사연'이다. 육하원칙만 취재하고 물러선 기자라면, 김 씨의 개인사를 추가로 취재해 기사로 완성한 기자에게 이른바 '물을 먹는(낙종한다는 뜻으로 쓰이는 기자들 사이의 은어)' 참사를 입게 될 것이다.

위의 기사를 여기에서 멈추지 않고 더욱 확장할 방법은 없을까? 질문은 끊임없이 이어질 수 있다. 김 씨는 경찰에 뭐라고 진술했는가? 남편을 비롯해 경제적으로 도움을 줄 다른 가족은 없는가? 아르바이트를 할 때 아이는 누가 돌봤는가? 아이의 건강 상태는? 편의점에서는 얼마 동안 일했는가? 아르바이트생의 시급은 얼마인가? 최저임금 이상의 돈을 받고 있었는가? 분유의 브랜드는 무엇이었나? 3통이면 가격은? 편의점에 CCTV는 없었는가? 편의점의 규모는 어느 정도였나? 편의점 주인은 어떻게 경찰에 신고하게 되었는가? 김 씨의 절도 경력은 이번이 처음인가? 점주는 선

처할 생각은 없었는가? … 단순 절도 사건이라는 기록에서 출발하더라도 위와 같은 질문은 꼬리에 꼬리를 물 수 있다.

질문과 답변이 더해지고 시선이 확장되면, 기사의 주제 역시 넓어진다. 방향과 규모도 달라질 수 있다. 그림 그리듯 취재한다는 말은 결국 이야기에 대한 관심이자 노력을 가리키기도 한다. 관심과 노력을 기울여 보다 세밀한 장면까지 포착하는 취재를 통해, 작은 그림이 점차 큰 그림으로 바뀐다. 놓치기 쉬운 작은 단서를 하나 발견해 빈 구멍을 메움으로써 가려진 진실을 끄집어낼 수도 있다.

수습기자 시절 선배들로부터 가장 많이 들었던 꾸지람 중 하나는 "넌 그게 안 궁금하니?"였다. 모른다는 사실을 최대한 들키지 않으려던 어쭙잖은 수습기자가 저렇게 많은 것을 궁금해했을 리가. 그러나 이제는 저 짧은 기사 안에 담기지 않은 더 많은 이야기가 있을 듯하다는 생각에, 궁금한 것이 줄을 잇는다. 더 많은 사실을 알게 되면 더 풍부한 이야기를 만들어낼 수 있기에, 알고자 하는 욕망과 본능이 꿈틀댄다. 사건이란 그저 한 단면일 뿐, 그 이면에는 더욱 많은 이야기가 담겼다는 것을 알게 되었기 때문이다.

'기레기'의 시대

사실 앞에 겸허해야 한다는 '기자 정신'을 혹독하게 교육받은 후, 수습기자들은 드디어 수습이라는 딱지를 떼고 '진짜 기자'가 된다. 그러나 마치 훈장처럼 붙은 '일진(해당 경찰 라인을 관할하는 담당 기자)'이라는 이름을 얻자마자 혼란이 닥친다. 바로 보도자료, 통신사, 출입처 제도 등 기자들의 편의를 위해 완벽하게 조성된 언론 생태계를 경험하면서다. 물론 스마트폰이 없어 통신사의 속보를 실시간으로 검색해볼 수 없던 시절과 비교하자면 하리꼬미 자체가 사라지는 추세인 지금과는 차이가 있겠지만, 그동안 한국 언론의 역사와 문화가 출입처 시스템을 토대로 쌓인 측면을 감안하면 생각해볼 만한 지점일 것이다.

수습기자 시절에는 밤새 하나하나 애타게 정보를 얻다가, 정식 출입기자가 되면 경찰이 보도자료를 통해 정보를 알아서 '풀pool(소식을 공식적으로 공유한다는 의미)'해주는 편리한 시스템을 접하게 된다. 경찰서 기자실에 각 언론사의 지정석이 있는 출입기자단 내부에는 단단한 질서가 존재하고, 취재원인 경찰과 기자단 사이에 협력적 공생 관계가 성립한다는 사실도 깨닫는다. 이 같은 출입처 제도는 정치·사회·경제·문화 등 언론이 다루는 이슈와 관련한 대부분의 공공기관 및 기업 등에서 운영 중이고, 취재기자들은 탐사기획팀 등 출입처가 없는 부서를 제외하고 모두 그 질서로부터 자유롭지 못하다.

제도와 문화가 개인을 완전히 잠식할 수는 없다. 그러나 질서는 개인의 사고와 행동을 상당히 제약한다. 한국의 출입처 제도는 기자들이 해당 기관을 가까이에서 감시하며 더 많은 정보를 손쉽게 얻어낼 수 있도록 돕지만, 한편으로는 그들을 정제된 질서 안에서 취재하는 시스템에 머물며 야성을 잃어가도록 만든다. 질서 정연하고 공고한 체제는 익숙해질수록 벗어나기 어렵고 그 안의 개인을 점점 더 옭아맨다. 질문을 권하는 미국 대통령에게 손들지 않는 한국 기자들, 브리핑 룸에서 뚫어져라 노트북만 보며 타이핑하는 기자들, 타 언론사의 오보를 의심 없이 그대로 받아쓰기 하는 기자들……. 지난날의 나 역시 부끄러워지는 오늘날 기자들의 자화상. 그 근간에는 공고한 출입처 제도가 자리한다.

2014년 세월호 참사를 보도하는 기자들의 무능과 안일함에 국민들은 '기레기(기자와 쓰레기를 합한 신조어)'라는 이름을 붙여주었다. 속보 경쟁이라는 이름 아래 경찰과 정부가 불러주는 대로 검증 없이 받아쓰고, 현장의 한계를 이유로 유족이 처한 처참한 현실을 보다 면밀히 취재하지 않은 대가다. 출입처 시스템의 문화는 자리를 진도 팽목항으로 옮겼다고 해서 달라질 수 없었을 것이다. 국민들로부터 기레기로 호명되는 것은 비단 세월호 현장을 취재한 기자들만의 문제가 아니라, 그보다 앞서 수십 년간 유지된 언론계 취재 관행의 한계로 인해 오래전부터 예견된 일이었는지도 모르겠다.

딱딱하게 굳은 취재 방식은 결과물인 기사에도 영향을 미친다. 신문 지면이나 방송 리포트 시간 등 한정된 시공간 내에서 효율적인 생산물을 선보이기 위해, 올드 미디어들은 스트레이트 기사나 역피라미드 기사 등 언론학 개론서에 나올 법한 정해진 형식의 교과서적 기사 스타일을 오랫동안 고수해왔다. 정형화된 방식으로 기사를 쓴다는 것은 결국 형식에 필요한 사실만을 편집적으로 취재해도 괜찮다는 의미다. 그래서 위험하다.

언론에서 흔히 볼 수 있는 "서울 마포경찰서는…", "청와대는…", "기획재정부는…" 등으로 시작하는 기관발發 기사 형식은 사실을 일별하고 진실을 추구해야 할 언론의 책무를 해당 기관의 입증 책임으로 떠넘겨버린 채 스스로 '받아쓰기' 언론으로 전락시킨다. 형식이 내용을 지배하고, 내용은 형식을 더욱 공고하게 만드는 악순환이다. 글쓴이 스스로 궁금해 못 견뎌서 끗끗이 파고들어 건져 올린 사실이 아니라, 출입처가 선별하고 가공해 90퍼센트 가까이 완성된 형태로 던져준 자료로 기사를 쓰는 일이 다반사가 되어버린다. 이 과정에서 수많은 기사들은 복제품이 되고 독자에게 읽히지 못한 채 의미 없이 인터넷 공간을 부유한다.

인터넷이 발달하면서 독자의 뉴스 소비 패턴이 바뀌었음에도, 언론이 환경 변화에 아랑곳하지 않고 새로운 방식의 기사 쓰기라는 중요한 과제를 홀대해온 점은 문제를 더욱 증폭시킨다. 사실에 가장 가까이 다가갈 수 있는 특권을 누리면서도, 퍼즐의 수많은 빈 구멍을 용인한 채 구시대적으로 기사를 작성하는 관행은 독자의 신뢰를 잃게 한 결정적인 원인으로 작용했다. 무언가 새로운 취재를 하는 것이 힘들다면 같은 기사라도 새로운 방식으로 쓰고 다르게 유통하는 방법에 대해 고민해야 했지만, 출입처에 매몰된 언론의 노동 현실과 속보 및 마감 시간에 매달리는 기사 생산의 구조를 감안한다면 기대하기 힘든 것이 현실이다.

'기레기의 시대'로부터 나 역시 자유로울 수 없다. 살인사건을 취재하려고 현장과 유족을 무작정 찾아갔던 일, 현안의 중심에 선 정치인을 인터뷰하기 위해 그의 집 앞에서 밤늦게까지 '뻗치기(취재원을 만나기 위해 약속 없이 기다리는 일을 가리키는 기자들 사이의 은어)'를 했던 일 등은 지금도 특별히 기억에 남을 정도로 일상적이지 않은 취재 방식이었다. 부끄럽지만 기자로서 더 많은 시간을 보낸 것은 출입처에서 사람들을 만나고, 그들의 브리핑을 듣고, 기자실에 앉아서 전화로 취재하는 일이었다. 유력 정치인의 '입'만 바라보고, 기자단 내부의 질서에 맞춰 튀지 않으려 애쓰고, 기사의 형식에 맞추기 위해 편집적인 취재를 하는 일도 일상다반사였다. 연차 높은 선배 기자들이 현장을 찾으면 후배 기자들이 경의를 표할 정도로, 점차 현장과 멀어지는 기자들의 업무 환경과 문화. 그 속에서 강하게 저항하거나 변화를 도모하지 못한 나 역시 기레기를 만들어낸 당사자 중 한 명일 것이다.

독자는 냉정하다. 주류 언론사를 위시한 전통 언론계의 암묵적 카르텔, 권언유착과 경언유착의 현실을 따져 묻는 국민의 시선은 날카롭기만 하다. 선정적이고 자극적인 인터넷 뉴스 시장의 엉클어진 언론 생태계를 혐오하고, 1인 미디어 시대에 전통 언론사 기자의 몰개성과 나태함을 저평가하는 독자의 비판은 정곡을 찌른다. 기레기라는 오명뿐만 아니라 기성 언론에 대한 독자의 외면 그 자체가 오늘날 언론이 받아 들고 있는 성적표다.

오랜 시간 언론은 기사를 써서 독자 앞에 던져두기만 하면 되는 권력을 누리고 살았다. 전통적인 언론이 아니면 뉴스를 접할 길이 없었기 때문이다. 자연히 독자를 생각하고 연구할 필요와 의무가 없었다. 그러나 시대가 바뀌었다. 독자는 더 많은 선택권을 가지게 되었고, 언론이 아니더라도 여러 가지 방식으로 뉴스를 소비할 수 있는 시대를 맞았다. 언론의 경쟁자는 검색 사이트와 소셜 미디어, 팟캐스트와 유튜브 등 날로 늘어나고 있다. 콘텐츠가 넘쳐나는 시대, 독자에게 선택받지 못하면 기자의 노동은 무가치한 일이 되어버릴 위기의 시대다. 저널리즘의 혁신을 선도하는 〈뉴욕타임스〉가 2014년 내놓은 '혁신 보고서'에서 강조한 내용 역시 "독자를 핵심으로 만들라"는 것이었다. 독자를 가장 먼저, 최우선으로 생각하지 않는 한 언론의 미래는 어둡기만 하다.

이는 비단 언론의 기사 쓰기에만 국한된 문제는 아니다. 실패하지 않는 글쓰기란 과연 어디에서 출발하는가. 나는 그 또한 결국에는 독자를 생각하는 마음에서 비롯한다고 생각한다.

글은 독자에게 읽히기 위한 작업이다. 그러나 글이 닿게 될 독자란 눈에 보이지도 손에 잡히지도 않는 존재다. 글쓴이는 그저 마음속에서 어림짐작으로 독자의 마음을 헤아리면서 자신의 생각을 펼쳐놓아야 한다. 독자와 나의 거리는 어느 정도 될까, 독자의 세계와 나의 세계는 어디쯤에서 만날까. 수없이 고민하고 재면서 상상만으로 접점을 조율해야 한다. 이를 위해서는 우치다 다쓰루의 말처럼 "독자에 대한 경의"가 필요하다. 독자를 두려워하고, 살피고, 이해하려고 노력해야 한다. 독자와 나 사이의 거리, 차이, 괴리를 예측하고 어떻게 하면 더욱 가까이 다가가서 이야기를 전할 수 있을지 고민해야 한다. 그런 진심은 반드시 읽는 이에게 가닿는다고 믿는다.

기레기의 시대는 이 글쓰기의 기본을 망각했기 때문에 도래했다. 여기에 언론사 내부의 구조적 문제와 뉴스 유통 환경의 변화라는 외적 요인까지 더해져 길고 어두운 터널 안을 헤매게 되었다. 이 어둡고 침침한 터널로부터 탈출할 수 있을까.

질문하지 않는 사회

2007년 정치부 국회팀에 처음 발령이 났을 때였다. 당시 집권당이던 한나라당을 취재하는 여당팀의 이른바 '말진(국회팀 소속 기자 중 가장 막내 기자)'이었던 내가 맡은 임무는 원내대표실에서 열린 회의를 취재해 선배에게 보고하는 일이었다. 지금 생각하면 한심하기 짝이 없지만, 나는 당시 여당 원내대표의 이름과 얼굴도 매치하지 못할 정도로 정치에 문외한이었다.

속사포처럼 쏟아지는 정치인들의 말을 받아 적는 일은 무척 버거웠는데, 더 큰 문제는 그 말을 하는 사람이 누구인지 알 길이 없다는 것이었다. 다른 사람에게 일일이 "저 사람이 누구죠?" 하고 물어보는 것도 기자로서 남세스러운 일이 아니겠는가. 결국 발언자의 이름도 발언 내용도 충분히 기록하지 못한 채 패잔병처럼 기자실로 돌아온 나는 온종일 머리를 쥐어뜯었다. 그렇게 시작한 정치부 첫날의 기억이 아직도 생생하다.

그해 여름, 한나라당은 17대 대통령 선거 후보 당내 경선을 앞두고 이명박 후보와 박근혜 후보 양 진영으로 갈라져 팽팽하게 대립했다. 전쟁터와 같은 상황 속에서 정치권에 몸담은 이들은 각 진영 내 주요 인물별 히스토리와 관계, 정치적 구도 등을 훤히 꿰고 있었다. 누가 핵심 참모이고 실세인지, 어떤 이들이 경쟁하고 대립하는지, 계파별로 서열은 어떻게 정리되는지……. 여의도는 여의도만의 세계와 질서, 언어가 따로 존재했다. 이런 전장에서 누가 누구인지조차 잘 모르는 초짜 기자가 어떻게 살아남았을까.

하루는 국회팀장이던 선배가 나를 데리고 의원회관을 한 바퀴 돌았다. 선배는 친親이명박계와 친박근혜계의 핵심 국회의원들에게 새로 온 후배 기자를 소개하며 취재를 했다. 당시 따로 만난다는 것은 상상조차 할 수 없을 정도로 인의 장막에 둘러싸여 있던 대선 경선 후보 시절의 박근혜

전 대통령을 처음 마주한 것도 선배를 통해서였다. 선배 손에 이끌려 박 전 대통령이 탄 엘리베이터에 비집고 들어가 처음으로 얼굴도장을 찍었는데, 나중에야 이게 얼마나 예외적인 일이었는지 알았다. 당시 박 전 대통령의 수행비서가 기자들의 접근을 철저하게 막는 것으로 유명했던 까닭이다.

선배는 취재원들에게 많은 질문을 했다. 반절 이상은 내가 알아들을 수 없을 정도로 내밀한 여의도 정치판의 이야기가 오갔다. 그런데 그 많고 많은 대화 중에서 내 기억 속에 가장 선명하게 남은 선배의 말은 바로 이거였다.

“그랬어요? 몰랐어요. 조금만 더 이야기해줘요.”

쥐구멍에라도 들어가고 싶었다. 정치판에 온 지 일주일도 안 된 나는 모를 땐 ‘가만히 있으면 중간이라도 간다’는 생각으로 꿔다놓은 보릿자루처럼 앉아 있거나, 반면에 조금이라도 아는 게 생기면 어떻게든 아는 티를 내려고 애썼다. 하수下手도 그런 하수가 없었다. 그런데 그 바닥에서 오랫동안 머물며 판을 훤히 꿰뚫다시피 하던 선배는 말끝마다 “잘 모른다”고 이야기하는 것이 아닌가. 그런 질문 끝에 자연스레 들을 수 있는 이야기도 더 많았다.

선배를 통해 알게 되었다. ‘질문하는 사람’이란 모르는 사람이 아니라, 이미 알고 있기에 더 많이 알고자 하는 사람이라는 사실을 말이다. 질문한다는 것은 '내가 여기까지는 알고 있는데, 그 이상으로 더 알고 싶다'는 뜻이다. 질문이 있어야 알고 있는 사실들 사이의 구체적인 내용이 채워지고, 더 깊고 넓게 확장된 정보를 얻을 수 있다. 질문이 많다는 것은 그만큼 기존에 알고 있던 것, 그동안 고민해온 것이 많다는 의미일 가능성이 높다. 적극적으로 질문하는 자세는 자신이 모르는 문제라면 누구도 쉽게 답을 얻지 못할 것이기에, 기꺼이 물어야만 한다는 책임감에서 기인한다.

하지만 우리 사회에서 질문은 이렇게 해석되지 않는다. 질문이란 흔히 자신의 '밑천'을 드러내는 일로 여겨진다. 사람들은 더 많은 진실을 알고자 하는 질문자의 선한 의지에 주목하기보다, 그 사람이 어디까지 그리고 얼마나 더 깊이 알고 있는지 평가하는 데 익숙하다. 타인과 비교하거나 경쟁하는 일이 몸에 익다 보니 '모른다'는 선언은 무시와 멸시로 이어지기 마련이고, 모르더라도 차라리 의뭉스럽게 입을 닫는 편이 낫다는 생각 속에 살아간다.

학교에서도 일터에서도 우리에게 질문은 낯선 일이다. 어린 시절부터 튀지 말라고, 가만히 있으라고, 그러면 중간은 간다는 말을 들으며 자란다. 질문은 정해진 규칙에 의문을 제기하는 것이고, 체제에 반기를 드는 일로 터부시된다. '모난 돌이 정 맞는다', '빈 수레가 요란하다'는 속담은 질문하는 자, 말하는 자를 소외시키는 이 사회의 경직된 문화를 더욱 공고화한다.

2010년 9월 서울에서 열린 G20 정상회의 폐막식에서 미국 버락 오바마 전 대통령은 폐막 연설 직후 한국 기자들에게 질문을 요청했다. 하지만 아무도 손을 들지 않았고, 질문 기회는 결국 중국 CCTV의 기자에게 돌아갔다. 사람들이 보편적으로 궁금해하는 것을 질문하는 일을 업으로 하는 기자들조차 질문과 취재를 위한 공식 석상에서 입을 열지 않았다는 사실은 우리에게 충격을 안겨주었다. 질문 없는 사회, 과연 미래가 있을까.

질문이 없으면 답도 없다. 아무도 묻지 않으면 누구도 답하지 않는다. 질문하는 순간부터 문제 해결의 실마리를 찾을 수 있기에, 질문하지 않으면 문제는 늘 정체된 상태에 머물고 만다. 질문이 없다면 이미 존재하는 문제를 인식하기조차 어렵다. 문제를 인식하지 못하면 해결도 없고 변화도 없다. 기존의 체제와 질서가 흔들릴 일도 없다. 사회는 정체되고 고인 물처럼 탁하게 병들어 간다. 우리 사회가 마주한 수많은 문제들은 어쩌면 누구도 질문하지 않기에, 누구도 문제를 제기하지 않기에 해법을 찾지 못하고 곪아버린 일들은 아닐까.

글을 쓰는 일 역시 질문하는 것에서부터 출발한다. 누구도 궁금해하지 않던 사실에 대해 묻고 답을 구하는 일에서부터 글쓰기의 의지가 발현된다. 스스로 묻고 답하는 일, 타인에게 묻고 객관적 답을 구하는 일. 그 결과를 오롯이 기록하는 것이 결국 글쓰기다. 그렇기에 좋은 글을 쓰려면 좋은 질문을 할 수 있어야 한다. 아니, 그보다 먼저 자신이 모른다는 사실을 시인할 용기와 궁금한 것을 질문할 의지를 키워야 한다.

10여 년 전 선배가 질문하는 모습을 본 이후, 나는 지금까지 줄곧 "처음 알게 된 사실"이라거나 "잘 모르는 내용"이라는 고백을 머뭇거리지 않으려 애쓰고 있다. "좀 자세히 알려달라", "어려우니 더 설명해달라"는 질문도 서슴지 않으려고 노력한다. 정말 부끄러운 일이란 잘 모른다는 사실보다 잘 모르면서 아무 질문도 하지 않는 것임을 알게 되었기 때문이다.

솔직히 말하면, 몇 년간 수백 명에 달하는 국회 출입기자들과 얽히고설켜 일하다 보니 질문하지 않는 기자들의 '견적'을 대충은 알아차리는 눈이 생겼다. 알아서 안 묻는지, 몰라서 못 묻는지 말이다. 그러니 누군가는 또 나를 보며 속을 훤히 들여다보고 있을지 모를 일이다. 결국 담백하고 솔직한 질문만이 스스로를 당당하게 만든다는 사실을 빨리 받아들일수록 좋다. 살면서 고수高手는 못 되더라도 하수는 되지 말아야 하지 않겠는가.

사실은 어디에 있는가?

요즘 팩트체크 기사 작성에 많은 시간을 들인다. 2017년 6월 다섯 명의 공동 창립자와 함께 만든 회사 〈뉴스톱〉은 국내 최초 팩트체크 전문 미디어를 표방한다. 이 매체에서 나는 가짜뉴스Fake News를 바로잡거나 뉴스의 맥락을 짚어 사실관계를 설명하는 기사를 쓰고 있다. 정기적으로 몇 군데 라디오 프로그램의 팩트체크 코너에 출연하기도 해서, 방송 원고를 쓰는 것 역시 '팩트체크 기사 쓰기'의 일환이다.

2016년 미국 대통령 선거에서 도널드 트럼프 공화당 후보가 가짜뉴스와의 전쟁을 선포하면서 전 세계적으로 주목을 얻게 된 팩트체크는 이제 저널리즘의 한 분야로 어엿하게 자리 잡았다. 미국에는 '폴리티팩트Politifact', '팩트체크닷오알지Factcheck.org' 등 공신력을 갖춘 팩트체크 전문 미디어가 다양하게 존재한다. 한국에도 19대 대선을 전후로 많은 가짜뉴스가 생산 및 유통되었고, 주요 언론사마다 팩트체크 코너를 신설하는 등 대응을 보이기 시작했다. 이제는 '팩트체크 저널리즘'이라는 새로운 용어까지도 심심찮게 쓰이고 있다.

'사실 확인'은 언론의 오래된 본령이다. 사실을 토대로 기사를 쓰는 것이 기자들의 일이다. 따라서 기자로서는 팩트체크라는 일이 새롭지 않다. 그러나 왜 지금, 팩트체크가 새삼 주목을 받게 되었을까? 나는 그 이유가 급격하게 변화한 미디어 환경에도 불구하고 제작 방식을 바꾸지 못하는 언론에 있다고 생각한다. 독자들의 뉴스 소비 유형이 온라인을 중심으로 완전히 달라졌지만, 그 변화에 부응해 혁신하기는커녕 구태를 답습하기만 하는 언론사 내부의 고질적 문제가 무척 심각하기 때문이다.

뉴스 소비 시장의 무대는 이제 온라인으로 옮겨졌다. 요즘 뉴스 소비자들은 주로 인터넷 포털 검색 사이트와 소셜미디어 등을 통해 뉴스를 접한다. 소비의 양태 역시 개인적이고 선별적이다. 2018년에 발표된 '2017 언론수용자의식 조사'를 보면, 연도별로 이용률이 높아지고 있는 미디어는 모바일 인터넷이 유일했다. 그러나 신문·방송 등 전통적 뉴스 생산자들은 여전히 신문 지면과 방송 채널이라는 기존 플랫폼을 주된 업무의 기반으로 삼는다. 소비는 대부분 온라인에서 이루어지는데도 생산자가 해당 시장을 주요하게 여기지 않는 것이다.

이런 모순은 결국 온라인 뉴스 시장을 질적으로 빈곤하게 만든다. 언론사는 온라인이란 신문 및 방송 기사를 그대로 복사해 담는 유통의 공간 정도로만 여긴다. 정치·사회·경제 등 주요 취재 부서만을 주류로 인식하는 언론사의 문화는 지금도 매우 공고해서, 온라인에 뉴스를 재가공하는 업무나 독자에게 전달하는 체계에 대한 고민은 하위의 역할로 취급된다. 물론 언론계 내부에서 온라인 혁신에 대한 필요성이 지속적으로 제기되고는 있지만, 조직 문화와 업무 구조를 뉴스 소비 현실에 맞게 온전히 개혁하기에는 역부족이며 한계가 크다.

이 과정에서 온라인 뉴스의 내용이 빈약해지고, 확인되지 않은 사실이 뉴스의 표피를 쓴 채 유통되며, 가짜뉴스가 진실을 덮어버리는 문제가 생긴다. 프랑스 기호학자 장 보드리야르Jean Baudrillard는 실재가 아닌 가상의 실재, 복제물에 불과한 '시뮬라크르Simulacra'가 현실을 지배하는 하이퍼리얼리티Hyperreality의 시대를 예고했다. 원본과 모사물의 구별이 사라지고 정보가 무차별적으로 증식하는 시대. 하이퍼리얼리티의 시대에는 뉴스 또한 복제에 복제를 거쳐 원본이 사라진 채로 무책임하게 유통되고 소비된다. 이렇듯 혼란스러운 환경 속에서 사람들은 근본적 진실을 추구하는 일에 큰 관심을 기울이지 않게 된다.

그러나 이런 현상이 이어짐에 따라 정확한 사실과 가치 있는 정보에 대한 갈증도 점차 피어났다. 정보는 넘쳐나지만 지금 내가 보고 있는 뉴스가 정말 믿을 만한 정보인지 의심하게 된 것이다. 소비자들은 뉴스 검색창에서 의미 없는 클릭을 수차례 한 뒤에야 제대로 된 정보를 건질 수 있음을 자각했다. 이런 현실 때문에 뉴스의 전후 맥락, 사실의 근거가 되는 원 자료, 판단에 도움이 될 만한 고급한 정보에 목마르기 시작했다. '뉴스를 감별하는 뉴스'가 필요해진 시대가 온 것이다.

이런 측면에서 보면, 오늘날 뉴스의 위기가 곧 사실의 위기는 아니다. 그보다는 뉴스를 생산하는 언론 시스템의 위기라고 보는 편이 더욱 정확할 것이다. 뉴스 생태계가 변하고 미디어 환경이 달라진다 하더라도 사실을 추구하는 인간의 욕구는 결코 변하지 않는다. 폭발하는 정보량 속에서 사실을 일별하고 증명해내는 것이 요즘 저널리스트의 주요한 업무가 되고 있다.

온라인 시대의 팩트체크 기사는 '하이퍼링크Hyperlink'가 핵심이다. 사실이 '진짜 사실'임을 증명하기 위해 그 근거 자료를 남겨두어야 하기 때문이다. 팩트체크 기사를 쓰다 보면 한 기사당 최소 10개 이상의 원 자료를 링크로 연결하게 된다. 막상 해보면 상당히 수고로운 일이다. 그러나 이렇게 원 자료를 찾다 보면, 뉴스를 통해 이미 기정사실화된 내용들의 근거가 얼마나 허약한지 새삼 확인하곤 한다. 그리고 기자로서 지난 세월 허술하게 기사를 써왔던 과거를 반성하게 된다. 통계에 오류가 있음에도 그대로 기사화해 본질을 왜곡하는 일, 전체 본문 가운데 입맛에 맞는 부분만 발췌해서 맥락을 생략해버리는 일, 가짜뉴스에 대한 검증 없이 무분별하게 유통하는 일……. 이런 일이 비일비재하게 벌어지는 게 오늘날 뉴스 시장의 현실임을 실감한다.

팩트체크가 제대로 이루어지지 않은 기사에는 곧바로 비판의 돌이 날아온다. 온라인은 무한한 소통의 지대이며, 쌍방향성이 그 주요한 특성이기 때문이다. 독자에 대한 긴장감과 경외심을 갖는 일은 필수적이다. 그러나 전통 미디어에서 훈련받은 기자들은 이런 경험과 교육이 부족하고 대응 모델 역시 없다. 정보를 토대로 하는 미디어가 추구해야 할 소통 능력의 핵심은 결국 투명성이다. 〈뉴스톱〉은 기사를 발행한 후에도 내용상 오류를 지적하는 독자의 목소리에 귀 기울여서, 설득력 있는 주장에 대해서는 반영하고 그 수정 내역을 기록하는 것을 방침으로 한다. 오류를 인정하고 수용해서 보다 나은 사실에 가닿는 것이 최선의 소통이라고 보는 것이다.

한편으로는 원초적이고 실체적인 사실들이 사라져가고 있다는 사실에 회의감을 느낀다. 누군가의 말은 발췌되고 짜깁기되어 원래 취지와 맥락을 잃어버린 채 뉴스 시장을 떠돌아다닌다. 팟캐스트와 소셜 미디어가 유행하고 누구든 1인 미디어로 목소리를 낼 수 있는 '미디어 민주화'는 그 이면에 아마추어리즘과 의견 과잉의 콘텐츠를 양산하는 부작용을 낳았다. 해석과 논쟁만이 난무한 현실 속에서, 사실과 의견이 구분 없이 뒤섞인 혼란이 이어진다. 이러한 혼란 속에서 가공되지 않은 현장의, 날것 그대로의 사실을 접하기는 오히려 어려운 시대가 되었다. 기자들에게는 식상한 말로 여겨지는 "현장에 답이 있다"는 문구가 이제 더는 식상할 수 없는 현실을 체감한다.

팩트체크 기사를 쓰다가 가장 완결성을 느끼는 때를 생각해본다. 인터넷 자료를 샅샅이 뒤져 누구도 반박할 수 없는 명징한 사실을 확인하는 순간이 아니다. 바로, 아무리 노력해도 온라인 공간에서는 도무지 찾을 수 없는 사실을 현실 세계에서 직접 취재하고 확인해 기사에 '한 줄 근거'를 제시하는 때다.

언론 환경이 바뀌어 새로운 저널리즘의 혁신을 부르짖는 목소리가 높아지고 있고, 나 역시 그런 목소리에 힘을 싣는 사람 중 하나다. 하지만 시간이 갈수록, 외피를 바꾸는 일만으로는 답을 찾기 힘들 것이라는 한계를 느낀다. 언론 시스템이 붕괴하는 현실 속에서도, 언론이 해온 가장 핵심적이고 전통적인 기능에 천착할 때에만 비로소 희망이 있는 것이 아닐까. 현장을 취재하고 최전선에서 사실을 확인하는 감시자로서의 역할. 이 핵심을 놓친 채 허공을 헤매는 것은 너무도 어리석은 일이 아닐까. 사실은 어디에 있는가? 알 수 없다. 다만 사실로 향하는 길은 그것을 추구하는 열망과 노력 속에 있다.

뉴스를 읽고 시대를 읽다

"죽은 남편이 뉴스를 뭐라고 했는지 알아요? '역사의 초고'라고 불렀어요. 근사한 말이죠? 우리가 항상 옳을 수 없고 항상 완벽한 것도 아니지만, 계속 써나가는 거죠. 그게 우리 일이니까."

1971년 베트남 전쟁을 둘러싼 미국 정부의 비밀을 폭로한 '펜타곤 문서Pentagon Paper'. 이를 보도한 언론의 막전 막후를 다룬 영화 〈더 포스트〉에서 〈워싱턴포스트〉 대표 캐서린 그레이엄(메릴 스트립)이 한 말이다. 국가 기밀서류인 펜타곤 문서의 폭로로 위기에 처한 닉슨 대통령은 재선을 앞두고 불법을 일삼았으며, 이후 워터게이트 사건으로 이어져 결국 사임에 이른다. 언론은 그렇게 한 나라의 역사를 기록하는 것을 넘어, 역사 그 자체를 만들어가는 한복판에 선다.

영화는 오늘날 기레기로 비난받는 기자들과는 사뭇 다른, 숨겨진 진실을 알리기 위해 고군분투하고 권력에 맞서는 기자들과 언론 경영인의 모습을 담았다. 감독 스티븐 스필버그는 자신에게 불리한 언론을 가짜뉴스로 매도하는 도널드 트럼프 대통령 때문에 영화 제작을 서둘렀다고 말한다. 가짜뉴스와 기레기가 판치는 세상이지만, 그래도 여전히 권력을 견제하고 표현의 자유를 지키며 국민의 알 권리를 위해 싸우는 언론의 존재를 역설하고자 한 이 영화에 오랜만에 가슴이 뛰었다.

영화에서 잘 드러나듯이, 뉴스는 쉽게 만들어지지 않는다. 저널리즘의 기본 원칙을 지킨다는 전제하에, 언론은 은폐된 사실을 치열하게 취재해서 용기 있게 보도하는 것을 추구한다. 그렇기에 뉴스는 당대 가장 중요하고 아픈 문제를 성실하게 담아낼 가능성이 높다. 또 시대의 경향을 방증하고, 다음 시대로 안내하는 인도자의 역할을 할 수 있다. 그런 뉴스가 쌓이면 역사가 된다.

뉴스는 좋은 글감이자 발상, 영감의 계기가 된다. 뉴스

안에는 세상 돌아가는 단면이 담겨 있다. 좋은 책을 읽고 인생의 지혜를 구하는 것과 마찬가지로, 성실하게 만들어진 뉴스를 통해 세상의 흐름을 파악할 수 있다. 그 때문에 뉴스를 읽고 시류를 짚어내는 것은 글쓰기에 꼭 필요한 일이다. 논픽션은 물론이고 픽션에서도 마찬가지다. 세상에 발 딛지 않은 채 허공에 둥둥 떠 있는 글은 없다. 공상과학소설조차도 현실의 취재를 기초로 삼아 생생하게 실재감을 불어넣어야만 독자로부터 환영을 받는다.

문제는 '뉴스를 어떻게 읽을 것인가'다. 모든 글에 글쓴이의 관점이 담기듯, 뉴스 기사 역시 기자의 시각을 담는다. 기자뿐만 아니라 해당 언론사가 추구하는 가치, 지향, 정파성도 담긴다. 불행하지만 당대 정권의 성향과 언론과의 관계도 기사에 영향을 미친다. 군부독재 시절, 5·18 민주화운동의 실상을 제대로 보도한 국내 공중파 방송이나 종합일간지는 없었다. 진영 논리가 강한 한국 언론은 정권의 색깔에 따라 비판과 찬양의 보도를 엇갈리게 내놓는다. 정권이 바뀌면 정치적 유불리에 따라 사안을 침소봉대하거나 은폐하고 축소하기도 한다. 독자로서 어떤 사안을 바로 바라보기란 여간 쉬운 일이 아니다.

최근 사례를 떠올려본다. 2018년 한국 사회는 '최저임금' 논란으로 몸살을 앓았다. 2020년까지 최저임금을 1만 원으로 올린다는 문재인 대통령의 대선 공약은 2년 연속 두 자릿수(16.4퍼센트, 10.9퍼센트) 인상률을 보였음에도 결과적으로 파기되었다. 2019년에 19.8퍼센트 인상을 해야만 달성 가능한 목표였으나, 가파른 최저임금 인상률을 한국 경제가 감당하기 어려울 것이라는 판단에서였다. 문재인 정부는 극심한 양극화 시대에 저소득층의 임금 소득을 높여 소득 분배를 개선하겠다는 '소득주도성장'을 경제 정책의 핵심으로 꼽았고, 최저임금 1만 원 공약은 그 상징이었다. 그러나 결과적으로는 정책 실패의 상징이 되었고, 사회적 갈등의 불씨로 작용했다.

언론은 그 과정에 큰 영향력을 행사했다. 일부 보수 언론과 경제 전문지들은 최저임금 인상으로 일자리를 잃게 될 비정규직 및 아르바이트 노동자, 수지 타산을 맞추지 못해 폐업하게 될 소상공인의 어려움을 강조하면서 최저임금 인상을 '을'들의 싸움으로 부추겼다. 특히 곤란에 처한 편의점 점주들을 강조하는 보도가 줄을 이었는데, 이들 언론은 실질적으로 점주의 생존을 위협하는 프랜차이즈 가맹점 수수료나 부동산 임대료, 카드 수수료 등 진짜 '갑'의 문제에는 무관심했다. 모든 문제의 원인을 최저임금 인상으로 지목하는 바람에, '최저임금 때문에 자살'하고 '최저임금 때문에 폐업'했다는 제목의 기사들이 대거 양산되었다.

이런 보도를 무분별하게 노출시킴으로써 노리는 효과는 '최저임금 인상=나쁜 것'이라는 인식을 보편화하는 것이다. 지주가 살아야 마름도 소작농도 산다는 '낙수 효과'의 판타지를 소환하고, 양극 사회의 끔찍한 현실과 구조적 불합리를 흐릿하게 지워버린다. 최저임금과 고용률 간의 인과관계 여부는 학계에서조차 의견이 엇갈리는 상황임에도 이들 언론은 제한적 환경에서 최저임금 인상이 고용률을 떨어트린다는 학술 자료와 통계만을 골라내 보도하는 편향성을 드러낸다. 자본·기업의 이익을 보조하고자 하는 보수언론과 경제지의 정체성을 명백하게 드러내는 보도 행태다.

우리는 이런 뉴스를 어떻게 읽어야 할까? 10여 년 전만 해도 "세상 돌아가는 걸 제대로 알려면 다양한 논조의 신문을 골고루 읽어야 한다"는 게 정설이었다. 자녀 교육에 조금이라도 관심 있는 집이라면 〈조선일보〉와 〈한겨레신문〉을 함께 구독하곤 했다. 신문 한 부를 구매하면 해당 언론사의 의제 설정, 논조, 가치 판단 등을 꾸러미Bundle째로 얻을 수 있던 시대였다. 물론 신문 구독률이 곤두박질치고 뉴스 소비 무대가 온라인으로 옮겨온 지금, 이런 방법은 시대착오적이다. 그러나 환경의 변화에도 여전히 중요한 것은 '미디어 리터러시Media literacy', 바로 다양한 매체의 메시지를 이해하고 분석·평가할 수 있는 능력이다.

현재 뉴스가 유통되는 방식은 온라인 검색 엔진이나 포털 사이트, 소셜 미디어 등 각종 온라인 플랫폼을 통해 개별 기사를 소비하는 것이다. 하나의 인터넷 주소URL에는 하나의 콘텐츠가 담긴다. 이는 곧 온라인에서 스스로 더 찾아 읽지 않는다면, 우리의 인식이 해당 기사의 관점에만 갇힐 수밖에 없음을 의미한다. 다른 시각, 더 나아간 정보, 그 이면을 알 수가 없다. 확장된 시각을 갖추고 싶다면 결국 개인이 적극적이고 주도적으로 더 다양한 시각의 뉴스를 찾아 읽어야 한다는 이야기다. 바삐 돌아가는 세상 속에서 일일이 뉴스를 연구하듯 읽을 수는 없는 노릇이기에, 요즘은 뉴스의 이면을 짚고 맥락을 브리핑하는 해설적 콘텐츠도 등장했다. 이른바 '떠먹여 주는' 뉴스, 혹은 '맥락 저널리즘'이다. 하지만 이런 2차 콘텐츠마저도, 읽는 이의 미디어 리터러시가 부족하다면 뉴스의 가치를 제대로 건져낼 수 없다.

미디어 리터러시의 핵심은 주체적인 태도다. 스스로 질문을 갖고 이슈의 맥락을 찾아 탐험하는 것이다. 한쪽 입장만을 다룬 기사를 읽었다면 반대쪽 입장의 이야기도 찾아보는 게 좋다. 당장 오늘 화제가 된 이슈도 과거 어떤 연유에서 지금까지 오게 되었는지 검색해보고 맥락을 이해하는 일이 중요하다. 이처럼 씨줄과 날줄을 엮듯이 뉴스와 뉴스를 연결하다 보면 어떤 문제가 왜 발생했는지, 현재 상황을 어떻게 객관화할 수 있는지, 앞으로 어떻게 전개될 것인지를 추론하는 힘이 생긴다. 그 힘은 결국 내가 쓰는 글에도 힘을 불어넣어 생명력을 준다.

오늘날 뉴스는 숱한 사실의 나열이고, 이야기 덩어리이며, 우리 앞에 무작위로 던져진다. 뉴스로 시대를, 역사를 읽으려면 내 앞에 던져진 사실 덩어리들을 맥락 위에 재배치하는 노력을 기울여야 한다. 다른 관점, 다른 이해관계에 놓인 콘텐츠에 대해서도 비판적 읽기를 계속해야 한다. 뉴스는 역사의 초고이지만, 초고를 완성하는 것은 퇴고와 윤문이다. 잘 읽는 것은 잘 쓰는 것의 기초가 된다는 사실을 잊지 말자.

남성사회의 여성기자

여교사, 여의사, 여교수, 여기자……. 이 모든 호칭은 엄연한 성차별이다. 서울시 여성가족재단이 2018년 6월 '성차별 언어 바꾸기' 시민제안 이벤트를 진행한 결과, 이렇듯 '여○○'의 호칭이 대표적인 성차별 언어로 꼽혔다. 다양한 직업군 앞에 '여성'이라는 수식이 붙는 데에는 사회 활동에서의 기본값이 남성이라는 전제가 깔려 있다. 이 사회에서 성별로서 여성은 특이 사항이며 추가 옵션이다. 사회적으로 이름이 버젓해 보이는 직업군의 여성일수록, 여성이라는 사실은 더욱 강조된다. 마치 그가 남성의 일을 대신하는 특수한 여성인 것처럼.

부끄럽지만 기자로서 일하면서, 스스로 '여기자'라고 칭하는 데 그간 별 문제의식을 가지지 못했다. 기자 사회는 분명한 남성 중심 사회이며 이 사회에서 내가 여성이라는 사실이 기자 개인의 특징이자 개성으로 작용한다는 사실을 무비판적으로 받아들였다. 실제로 여기자의 비중은 전체 기자의 27.4퍼센트에 불과할 정도로 낮다. 이는 한국언론진흥재단이 진행한 '2017 언론인 의식조사'의 결과로, 그나마 10년 전인 15.5퍼센트에 비해 높아진 수치다. 내가 〈경향신문〉에 합격했던 2005년 입사 시험은 블라인드 채용으로 진행되었는데, 합격자 8명 중 6명이 여성이라 언론계에서 큰 화제가 되었던 기억이 있다.

경찰 출입기자 때는 스스로 여기자라는 인지가 별로 필요하지 않았다. 라인별 담당 기자 한두 명이 개별적으로 일하기에, 나는 그저 내 라인을 책임지는 기자일 뿐이었다. 2006년 7월에는 수해가 난 강원도 평창으로 일주일간 출장을 가라는 지시를 그날 출근길에 듣고 속옷 한 장 챙기지 못한 채 그대로 달려갔지만, 같이 간 남성기자가 서울로 돌아간 뒤에도 오랫동안 현장에 머물렀다. 수습기자를 교육하거나 취재원을 만날 때도 나의 원래 모습보다는 기자로서 강인한 면모를 기대받았고 또 발휘해야 할 때도 많았다. 이따금 경찰들이 “여기자” 운운하는 일이 없지는 않았으나, 나는 ‘내 일만 하면 된다’고 생각하며 크게 휘둘리지 않았다.

스스로 여기자로서의 자각을 뚜렷이 하게 된 것은 앞서 말했듯 100명 중 15명만이 여기자이던 시절인 2007년 국회를 출입하면서부터다. 국회는 수백 명의 기자들이 취재 경쟁을 벌여서 말도 많고 탈도 많은 곳이다. 한 남성기자 선배는 이렇게 말했다. “여기자들은 좋겠다. 국회의원들이 잘 기억해주잖아. 우리는 여러 번 봐놓고도 누가 누군지 기억도 못 해.” 실제로 수많은 출입기자 가운데 유력 정치인으로부터 기억되는 것은 큰 이점이었다. 취재원과의 관계 맺기는 물론 실제 취재에도 꽤 도움이 되었다. 치열한 경쟁 속에서 취재원이 기자의 전화를 한 번이라도 더 받아준다는 것은 중요한 취재력이기 때문이다. 하지만 이는 곧, 여기자가 여성이라는 특성 외에 그 이상의 실력과 정체성으로 인정받기 위해서는 갑절의 노력과 수고를 해야 한다는 말이기도 했다. 여성이라서 주목을 받는 만큼, 여성이라서 더 평가절하하거나 혹독하게 비판하는 시선이 분명히 존재했다.

2018년 ‘미투Me too’ 운동 이후 여성의 외모에 대해 논하는 일 자체가 성차별이라는 인식이 확고해진 지금은 그럴 일이 드물지도 모르겠지만, 내가 국회에 있던 2000년대 후반에는 정치인들이 여기자의 외모에 대해 품평하는 일이 흔했다. 몇몇 노회한 정치인들은 여기자들과 동석한 자리에서도 아슬아슬하게 수위를 넘나들며 여성을 술자리 안줏감으로 올리곤 했다. 키 크고 늘씬한 여기자를 '서양화', 키 작고 아담한 여기자를 '동양화'로 비유한다는 농담도 전해 들었지만, 속으로 쓴웃음을 지을 뿐 이렇다 할 항의를 못했다. "여기자는 예민해서 농담도 못 하겠다"면서 '펜스 룰Pence rule'을 치거나 "아직 사회생활을 덜했다"며 '꼰대' 권력을 휘두를 것이 불 보듯 뻔했다.

때로 연차가 높은 여기자 선배 중에는 성적 농담이 오가는 자리에서 남성들보다 더 강력하고 질펀한 이야기를 꺼내거나, 거꾸로 남성을 성적으로 대상화하는 농담을 던져 분위기를 압도하는 경우가 있었다. 그러나 나는 어쩐지 그런 선배들을 보면 더욱 마음이 불편해졌다. 이 바닥에서 여성으로 살아남기 위한 방법이란 게, 불편한 현실 앞에 침묵하거나 혹은 스스로 '명예남성'이 되는 길뿐일까 싶어 막막해지기도 했다.

애매모호한 수위의 성희롱이나 성차별적 발언은 억지로

무마하고 지나갔지만, 참을 수 없는 순간도 있었다. 한 취재원이 나에게 '여성으로서 외모를 이용하려 들지 마라'는 취지의 발언을 한 것이다. 그 말은 나뿐만 아니라 모든 여기자에 대한 외모 평가가 이루어짐을 전제한 것이었고, 취재 활동에도 영향을 끼침을 나타내고 있었다. 이 일을 그냥 넘겨서는 안 된다는 생각에 당시의 일을 최대한 자세하게 복기해 회사에 보고했고, 공식 항의 후 사과를 받았다.

사건은 마무리되었지만 이후로는 이 일이 거론되는 것만으로도 괴롭고 불편했다. 나는 이를 계기로 어느 장단에 맞추더라도 여성이 남의 입에 오르내리며 품평의 대상이 된다는 사실을 절감했다. 돌아보면 20대 시절의 나는 다소 무뚝뚝하고 차가운 성격에 무채색 바지 정장만 입고 다녔는데, 그 이유는 바로 타인의 시선 때문이었다. 혹시라도 여성이라는 정체성을 이유로 공격이나 비난을 받을까 봐 조심스러웠다. 그래서 스스로 내면의 여성성을 드러내지 않고자 노력했던 것 같다.

현실은 비정하다. 상냥하고 친절하게 여성성을 드러내면 '여성임을 이용한다'고 비난받고, 감정을 드러내지 않고 방어적으로 행동하면 '도도하게 군다'거나 '얼음공주'라고 조롱당한다. 여성에 대한 평가에서 외모만큼 중요한 기준은 없어서 아름다운 외모를 갖고 이를 드러내면 '외모 덕을 본다'는 지탄이, 외모에 신경을 쓰지 않으면 '여자 같지 않다'는 멸시가 쏟아진다. 이런 불편한 평가는 시시콜콜한 잡담이나 농담처럼 교묘하게 이루어져서, 이에 대해 불편함을 말하면 "예민하게 군다"는 또 다른 평가를 받아야 한다. 정말이지 옴짝달싹할 수 없다.

여기자의 씁쓸한 위상(?)을 설명해주는 농담도 기억난다. 국회 출입기자들은 언론사별로 여러 명의 기자가 팀을 이루는데, 연차가 가장 높은 '국회팀장' 아래에 정당별 '반장', 이하 중간 기수인 '잡진', 막내인 '말진' 순서로 체계가 잡혀 있다. 그런데 이들 사이 실질적 서열은 "국회팀장-정당 반장-여기자-잡진 남기자-말진 남기자" 순이라는 우스갯소리가 공공연하게 있었다. 앞서 말한 '국회의원이 여기자를 잘 기억하는 이유'와도 관련이 있을 것이다. 하지만 이를 곱씹어 보자면, '잡진'까지는 여기자가 유리하지만 반장 이상인 '관리자'로 넘어가면 얘기가 달라진다는 뜻이기도 하다. 관리자급 기자 중에 여성은 거의 없기 때문에, 팀장과 반장의 성별 기본값은 남성기자라는 전제가 깔려 있는 것이다.

〈기자협회보〉가 2018년 주요 언론사의 보도국과 편집국을 조사한 결과, 언론사별로 100~200명에 달하는 기자들 가운데 여성 보직 간부의 수는 평균 한 자릿수에 불과했다. 심지어 여성 보직 간부가 한 명도 없는 언론사도 있었다. 여성이 주로 맡는 보직이 경제나 문화 분야에 한정된 점은 예나 지금이나 큰 변화가 없다. 언론사의 중요한 의사결정 과정에서 여성이 배제되거나 소수에 머무는 것이 여전한 현실이다.

관리자급에 여기자는 왜 거의 없을까. 언론계가 남성 중심적이라고 하지만 실제로 여성이라는 이유만으로 승진에서 배제되는 일은 드물다. 기자 사회는 여성을 차별하거나 배려하기보다, 계속해서 남성과 같은 역량을 발휘하기를 바란다. 그저 기존의 남성적 질서를 굳건히 유지할 뿐이다. 다만 그러다 보니 관리자의 위치에 올라갈 때까지 버텨내는 여성이 거의 없다. 개인으로서 훌륭하던 여기자들은 결혼을 기점으로 진로를 달리한다. 결혼하지 않고 계속 기자로 살아남거나, 결혼이나 출산 후 승진 및 경력 관리에 어려움을 겪거나, 혹은 결혼이나 출산 후 퇴사한다. 남성기자는 결혼 후 경력이 흔들리는 일이 거의 없을 뿐만 아니라 오히려 더욱 안정된 직무 능력을 발휘한다는 점과 대조적이다.

남성 중심적인 언론계에서는 이 사회의 여느 조직과 마찬가지로 남성에 의한 성희롱·성추행 사건이 일어나고 여성혐오 발언이 등장한다. 그러나 언론사의 조직 문화는 언론계 내부만의 문제로 끝나지 않는다. 언론 조직 내 성별 불균형은 언론이 설정하는 의제에 영향을 미친다. 언론이 다루는 기사에서 성불평등에 대한 감수성은 무뎌지고, 젠더 이슈는 주요 의제에서 배제된다. 같은 사건이라도 주체가 남성이냐 여성이냐에 따라 다른 잣대로 평가하는 기사가 왕왕 나타난다. 기사란 현실 세계를 반영한 결과이지만, 기울어진 현실을 문제의식 없이 그대로만 다루는 문장이 반복되는 일은 위험하다. 부조리한 현실을 합리화하고 독자들의 비판 의식을 무디게 만들기 때문이다. 그로써 변화를 더디 오게 만들고 사회의 진보를 뒷걸음치게 한다.

조금 더 일찍, 남성기자 사회에서 여기자로 살아가는 것이 그만큼 큰 책임을 지니는 일임을 알았더라면 좋았을 것이다. 나의 외모를 평가하는 이들에게 "당신은 그럴 자격이 없다"고 분명히 이야기했더라면, 여기자라는 이유만으로 주목받는 상황에서 "그것은 성차별"이라고 지적했더라면, 소외되는 젠더 이슈를 더 많이 다루어야 한다고 더 크게 말했더라면 좋았을 것이다. 그랬다면 우리의 삶이, 이 사회가,

조금은 더 빠르게 진보하지 않았을까. 내가 "여기자"로 불리는 것에 대해 조금만 더 일찍, 그것은 문제라고 더 큰 목소리를 냈었더라면.

#2. 어떻게 쓸 것인가: 호흡과 리듬

어린이 그림책의 세계는 넓고 방대하다. 고가의 화려한 유아 전집에서부터 저렴하고 단출한 낱권 그림책까지 다양하다. 부모들은 줄거리, 그림체, 출판사 등 소위 다양한 '스펙'을 고려하며 아이들에게 읽힐 책을 고른다. 나도 처음에는 아이들 책 고르는 법을 몰라 애먹었다. 여러 차례 시행착오를 겪어가며 사서 모은 아이들의 총천연색 그림책은 이제 우리 집 벽면을 한가득 메우고 있다. 매일 밤 잠들기 전 아이들에게 책을 읽어주는 일은 하루를 마무리하는 인사이자, 내게는 돌봄 노동의 끝을 예고하는 의식이기도 하다.

아이들에게 동화책을 읽어주면서 깨달은 바가 있다. 잘 쓴 글과 못 쓴 글을 효과적으로 구분하는 방법인데, 바로 입말로 소리 내어 읽어보는 것이다. 잘 쓴 글은 소리 내어 읽었을 때 쉽고 자연스럽게 입에 달라붙지만, 못 쓴 글은 읽기에 어색하거나 호흡이 가쁘다. 문장 안에서, 혹은 문장 간에 균형이 깨진 경우는 대체로 소리 내어 읽기 어렵고 결국 눈으로 읽기에도 흐름이 자연스럽지 못하다. 경험상 비싼 그림책이라고 해서 꼭 읽기 좋은 문장들로 구성된 것은 아니라는 값진 교훈을 갖고 있다.

글을 쓸 때도 자신이 쓴 글을 계속 소리 내 읽어볼 것을 권한다. 묵혀두었다가 읽고 또 읽을수록 좋다. 새로운 독자의 입장으로, 다른 눈으로 반복해서 읽다 보면 몰랐던 문제가 눈에 들어온다. 여러 번 읽어도 어색함이 별로 없다면, 성공한 글쓰기일 가능성이 높다. 아래에 좋은 호흡과 리듬을 갖춘 글쓰기를 위해 유념할 부분을 정리해보았다.

1) 단어 수의 균형

많은 사람들이 단문 쓰기를 권하는데, 나는 꼭 그렇게 생각하지는 않는다. 단문은 한 문장 안에 하나의 동사만 쓴 한 어절짜리 문장이므로, 오직 하나의 사실만을 담는다. 단문은 힘이 있다. 또 단문을 쓰면 실수를 줄일 수 있다. 잘 쓸 수만 있다면 단문 쓰기는 좋은 방법이다. 하지만 완벽한 논리를 전개할 수 없을 때 글이 엉클어지는 위험성도 상존한다. 논리에 비약이 있는 글은 아무리 좋은 문장들로 이루어져 있다 한들 독자를 설득하기에 역부족이다.

일반적으로는 여러 어절을 한 문장 안에 담는다. 그때 유념하면 좋은 지침은 바로 각 어절에서 사용하는 단어의 양에 적절한 균형을 맞추는 것이다. 소리 내어 읽을 때 잘 읽힌다면 문장 내에서 필요한 단어의 양이 균형감 있게 사용되었다는 의미다.

예컨대 한 문장 안에서 A와 B라는 사실로 대구를 이루거나 A에서 B로 인과관계를 설명할 때, 각 어절에서 사용하는 단어의 개수나 문장의 구조를 대칭되도록 구성하면 좋다. 읽는 이의 호흡을 편안하게 만들고 자연스러운 이해를 돕는 까닭이다. 과도한 형용사의 사용은 지양하는 편이 좋다. 문장의 본질을 이해하는 데 걸림돌이 될 수 있는 단어는 과감히 삭제해야 한다.

2) 문장 간의 리듬

문장과 문장이 연결되어 문단이 되고, 문단과 문단이 구조를 이루어 한 편의 글을 완성한다. 한 문장 한 문장에 심혈을 기울이는 것도 필요하지만, 문장과 문장 사이의 연결고리를 잘 찾아 구성하는 일도 중요하다. 문장 내 호흡만큼, 문장 간 호흡도 중시해야 한다.

문장의 연결은 곧 논리의 전개다. 그 방법은 여러 가지다. 두 개 이상의 문장으로 인과관계를 설명할 수도 있고, 정반합의 논지를 구현할 수도 있다. 연역과 귀납의 방법으로 서술할 수도 있고, 명제를 제시하고 반박하거나 논증할 수도 있다. 논리 전개 방법은 글의 구조와도 관련이 있지만, 어떤 리듬으로 글을 이끌어갈 것이냐의 문제이기도 하다.

문장 간 호흡과 논리 전개의 조화가 필요한 이유는 단 한 가지, 독자의 생각을 이끌어가기 위함이다. 글을 쓸 때는 논지의 흐름상 독자가 어떤 지점에서 동의를 하고 의문을 가질지를 예측하며 문장을 이어가야 한다. 독자의 호응을 고조시키기 위해 같은 의미의 문장을 다르게, 점층적으로 표현할 수도 있다. 물론 과유불급이다. 호흡과 흐름을 깨지 않는 선에서 절제하는 묘미가 필요하다.

3) 이음동의어의 활용

서술어를 쓸 때 곤란해지는 경우가 많다. 기사를 쓸 때 곤혹스러운 부분이기도 한데, 인터뷰이의 발언을 큰따옴표로 소개하면서 맺음말을 반복하게 되는 경우다. 기자들은 "말했다", "밝혔다", "덧붙였다", "주장했다", "강조했다", "역설했다" 등의 서술어를 교묘하게 섞어가며 중복되지 않도록 기사를 쓴다.

접속사를 쓸 때도 마찬가지다. 반대되는 문장을 이어갈 때 흔히 "그러나"를 사용하지만, 그 외에도 "하지만", "그럼에도 불구하고", "반면", "이와는 대조적으로" 등의 다양한 단어를 선택할 수 있다. 주어를 쓸 때는 "A 씨는"으로 시작했더라도 다음 문장에서 "그는"으로 대체하거나, 굳이 필요 없을 때는 아예 생략하는 것도 좋은 방법이다.

한 편의 글 안에서 다양한 '이음동의어'를 찾아 헤매는 이유는 단조로움을 피하기 위해서다. 고유명사를 제외하고, 한 편의 글 안에서 같은 단어가 너무 자주 사용되면 완벽한 논리를 갖추었더라도 단편적으로 보일 수 있다. 글에도 '이미지'라는 것이 있다. 다양한 이음동의어를 구사하면 글이 한층 다채로워 보이고, 입체적으로 살아나는 효과를 거둘 수 있다. 또 읽는 호흡도 리드미컬해진다.

3장

결핍과 충족의 글쓰기

태어난 여성, 길러진 여성

생각해보면 없지 않았다. '여자라서', '여자니까', '여자인데'라는 이유로 나의 삶과 행동에 영향을 받은 일들 말이다. 아홉 살 어린 남동생이 항상 나보다 먼저 제사상에 절을 올렸던 일, 몸 곳곳에 잔털이 없어야 여성스러워 보인다는 이유로 고통스러운 레이저 제모 시술을 받았던 일, "안경 쓴 여자는 아침 첫 택시에 안 태운다"는 속설 때문에 안경을 벗어든 채 택시를 잡았던 일……. 이 밖에도 '여성'이라는 정체성 때문에 겪게 된 부당하고 유쾌하지 않은 일들은 시시때때로 있었다. 돌아보면 말이다.

이상하게도 이런 일을 현재진행형으로 겪었던 20대에

는 현실을 별로 인지하지 못했다. 대학 교양 과목이었던 '여성학의 이해'라는 수업을 들으면서도 그랬다. 페미니즘이란 그저 흥미로운 학문이자 인류 진보의 역사라고 생각했다. 여성 문제가 현실의 이야기라고 해도 정작 내 일상과 연결 지을 생각은 하지 못했다. 심각한 폭력과 위압으로 삶을 제약받는, 일부 여성들의 화두라고만 보았다. 내가 일상 속에서 겪어온 성차별이나 여성으로서 느꼈던 크고 작은 한계는 마치 공기 같은 것이어서, 큰 문제의식조차 가지지 못했다.

왜일까. '알파걸Alpha girl' 세대인 나는 스스로 알파걸이라 생각했고, 차별과 억압, 그로 인한 결핍의 경험은 내 삶과 무관하다고 믿었다. 아니, 어쩌면 그렇게 믿고 싶었는지도 모른다. 실력 있고 뛰어난 여성에게는 좌절과 실패의 경험보다 도전과 성취의 기회가 더 많이 주어진다고 생각했기에, 그저 앞으로 나아가기 위해 노력하는 것만이 내가 할 일이라 다짐했다. 물론 어리석은 착각이었다. 남성 중심적인 질서 아래 오랫동안 작동해온 이 사회가 마지못해 변화의 물결에 떠밀려 여성, 그것도 젊고 새로운 세대의 여성만을 위해 털끝만큼 겨우 내어준 몫임을 알지 못했다.

나는 이 질서 속에서 어떻게든 살아남고자 했지만 결국

임신과 출산, 육아를 경험하면서 무너졌다. 여성이라는 정체성 때문에 겪는 소외와 배제, 차별로 인한 고통을 그제야 피부로 느끼게 되었기 때문이다. 스스로 여성임에도 책으로, 머리로만 알았던 여성의 문제를 드디어 체감하기 시작한 것이다. 인간이란 직접 경험하지 않은 일에 대해서는 완전한 성찰을 얻을 수 없는 한계적 존재라는 사실도 이때 깨달았다.

엄마가 되는 것은 이제껏 내가 개인으로서 도전하고 성취했던 기존의 과제와는 완전히 다른 차원의 일이었다. 인간이 다른 인간을 돌본다는 것은 개인의 의지와 능력만으로 수행할 수 있는 일이 아니었다. 어린아이는 사회적으로는 독립된 인격체이면서도, 생물학적으로는 아직 존재에 대한 자각이 없는 생명체에 불과하다. 그런 모순된 존재를 이 사회에서 한 인간으로 키워내는 데는 양육자의 뭉근하고 끈질긴 노동이 필요하다. 성인의 언어와 이 사회의 속도로는 도저히 감내할 수 없는 '돌봄 노동'. 아이를 돌보는 일과 개인적 성취를 추구하는 사회적 노동으로서의 일을 동시에 해내는 것은 적어도 내 관점에서는 불가능했다. 나는 자의 반 타의 반으로 선택에 내몰렸다.

선택을 강요당하는 것은 나뿐만이 아니었다. 여성의 교육 수준이 높아지고 사회생활이 활발해진 꽤 오래전부터, 수많은 선배 세대 여성들은 반강제적으로 사회적 이름을 잃어왔다. 노동 시장에서 절대적으로 소수에 불과했던 여성들에게는 그저 버티고 살아남는 것이 최선이었다. 그마저도 가정과 육아를 돌보는 노동의 의무를 제3의 누군가에게 완전히 위탁할 수 있는 조건을 갖춘 이들만이 가능한 일이었다. 그렇게 해서 일터에 남은 여성들은 살아남기 위해 자신을 명예남성으로 단련했다.

막상 선택에 내몰리자 나는 혼란에 빠졌다. 내 차례는 오지 않을 것이라 믿고 아무런 준비를 못 했기 때문이다. 그렇다고 그동안 보아온 선배 여성들의 삶을 그대로 수용하고 싶지는 않았다. 배 속에서 잉태된 생명을 내 손으로 길러내는 기쁨과 충족을 외면하기 싫었다. 30여 년간 성취를 향해 달려온 사회적 존재로서의 나 자신 역시 포기할 수 없었다. 왜 둘 중 하나를 선택하고 하나를 포기하라는 것인지, 그때부터 세상이 원망스럽기 시작했다.

계산기를 두드려 스스로 사표를 썼다. 나는 양가 부모님에게 육아를 위탁할 수 없었다. 믿고 의지할 만한 제3의 양육자를 찾지 못했고, 적극적으로 찾을 의지도 없었다. 부모 중 한 사람이 아이들을 키워야 한다면 당연히 내 몫이어야 했다. 똑같이 공부하고 대학에 가서 취업해 사회생활을 하지만, 직업과 직무의 차이를 감안하더라도 나보다 훨씬 많은 연봉을 받는 남편은 애초부터 고려 대상이 아니었다. 개인과 가정마다 차이는 있겠지만 남성이 100만 원을 벌 때 여성은 평균 약 68만 원을 받는 대한민국의 현실(2018년 OECD '성별 임금격차' 기준) 속에서, 우리 가정과 비슷한 상황이라면 나와 같은 선택을 하게 되는 여성이 대부분일 것이다. 이런 나의 퇴사는 과연 자발적이라고 말할 수 있는가?

노력과 성취라는 삶의 기본 작동 기제가 무의미해지면서, 나는 근본적인 질문에 직면했다. 이는 여성이라는 생물학적 · 사회적 정체성에 대한 재정의로 이어졌다. 내 뜻대로 살아지지 않는 현실을 마주하자, 그제야 나보다 앞서 차별과 억압에 시달려온 다른 여성의 삶이 보이기 시작했다. 그러면서 세상이 이제껏 내게 비교적 관대한 편이었음을 깨달았다. 그간 결혼, 임신, 출산, 육아를 이유로 일터에서 내몰린 여성이 얼마나 많았던가. 아예 취업 시장에서 배제된 여성이 얼마나 많았던가. 교육의 기회가 제한되거나, 타고난 기질을 억압받거나, 혹은 아예 세상에 태어나지조차 못했던 여성은 얼마나 많았던가. 그저 여성이라는 이유로.

아니, 여성의 문제를 넘어서서 사회 주류로부터 비켜서 있는 수많은 '타자'들의 삶은 어떠한가. 경험하지 못해 어림짐작조차 쉽지 않은 크고 작게 가난한 다양한 삶들. 주류를 지향하며 앞으로만 내달리는 삶은 스스로 소외와 배제의 경험을 하지 않는 이상 진심으로 주변을 자각하기 어렵다. 정희진은《페미니즘의 도전》에서 "인간은 누구나 소수자이며, 어느 누구도 모든 면에서 완벽한 '진골'일 수는 없다"면서 "중심과 주변의 이분법 속에서 자신을 당연한 주류 혹은 주변으로 동일시하지 말고, 자기 내부의 타자성을 찾아내고 소통해야 한다"고 말했다.[5] 내게 엄마로서의 경험이 없었다면 이 구절에 이리 몰입하지 못했을 것이다.

엄마가 되기 이전의 나는 승자와 패자를 명확히 가르는 남성적 질서, 세상을 주류와 비주류로 나누는 이분법적 사고에 더 익숙한 사람이었다. 기자로서의 일은 이성적 사고와 논리적 판단을 중시했고, 한국 사회의 교육은 경쟁해서 이기고 남을 짓눌러 살아남는 질서를 가르쳤다. 이 세상에서 여성으로서 살아남으려면 얼마 안 되는 몫을 놓고 여성끼리 경쟁해야 하고, 남녀 간에 뚜렷이 구분된 역할의 경계를 넘나들려고 하지 않아야 했다. 그 질서 속에서 살아남는 것만으로도 치열하고 고된 삶이겠지만, 그렇게 인생을 메우는 것이 삶을 온전히 충족시킬 수 있을까 의문이 들었다. 여성이라는 프레임 안과 밖에서 스스로 객관화해볼 기회가 없다면, 우리를 잠식한 굴절된 세계 속에서 허우적댈 수밖에 없을 것이다.

인생의 항로가 바뀌는 경험에 대한 사유는 그저 머릿속에서, 입속에서 맴돌기에는 부족했다. 스스로 해답을 찾지 못해 우왕좌왕하다 사람들을 만나고, 책을 읽고, 기사를 수집하고, 글을 쓰기 시작했다. 엄마가 된 후로 만난 이들과의 대화, 공격적으로 흡수한 수많은 텍스트는 여성으로서 내 삶을 새롭게 정의하는 토대가 되었다. 인간은 거대한 사회적 구조 속에서 철저하게 규정되며, 사회가 정한 틀과 기대에서 자유로울 수 있는 범위 역시 제한적이라는 사실. 그럼에도 자유의지를 가지고 스스로의 삶을 선택하고 변화시킬 수 있으며 사회 구조에 균열을 일으킬 수 있는 독립적 존재라는 사실. 나는 어느새 이 두 간극 사이에서 균형을 찾고자 애쓰는 사람이 되어가고 있었다.

'자기만의 방'을 찾아서

엄마가 되고 회사를 그만둔 후, 때때로 남편은 나의 자유 시간을 위해 두 아이를 혼자 돌보았다. 그 금쪽같은 시간에 영화를 보거나 쇼핑을 하고 돌아오는 날이면 왠지 발걸음이 가볍지 않았다. 이 사회 속에서 내가 할 수 있는 일이라는 게, 오로지 소비뿐이라는 생각이 들어서 우울함이 밀려왔다. 어느 순간부터 나는 시간이 생기면 노트북부터 주섬주섬 챙기는 버릇이 생겼다.

내게 유일한 해방은 글 쓰는 일이었다. 글을 쓰기 위해 집중하는 순간 찾아오는 희열, 한 편의 글을 완성하는 순간 느끼는 성취감은 그 무엇과도 바꿀 수 없는 카타르시스였다. 각종 매체에 외고를 쓰거나 새롭게 시작한 회사 일을 하는 등 글의 종류와 목적은 다양했지만, 주로 엄마가 된 후 바뀐 삶과 그에 대한 문제의식, 해법에 대해 고민하는 글을 쓰는 데 집중했다. 현재 최대 관심사이기도 했고, 개인적으로도 인생의 좌표를 명료하게 인지해 삶을 객관화하고픈 본능이 작용해서였다. 생각을 가다듬으며 삶의 방식, 이유, 목적에 대해 정리하고 나면 많은 것이 분명해지면서 충족감이 차올랐다.

문제는 글을 쓰기 위해 필요한 최소한의 물리적 요건들이었다. 30분간의 시간이 주어진다고 해서 딱 30분어치의 글을 써낼 수는 없다. 지난 글을 더듬어보고, 맥락을 정돈하고, 호흡을 맞추어 다시 글을 이어가려면 예열하는 시간이 요구된다. 몇 단락의 글이라도 새롭게 써내기 위해서는 적어도 1시간 이상의 집중된 시간이 필요했다. 그러나 엄마들에게 그렇게 통째로 시간이 주어지는 기회는 드물다. 특히 두 아이 모두를 보육 기관에 보내지 않던 때, 나는 그야말로 24시간 육아에 매달렸다. 글을 쓸 수 있는 절대적 시간이 부족했다.

해법은 아이들이 잠든 늦은 밤과 새벽에 깨어 있는 것뿐이었다. 고요하게 가라앉은 그 시간은 오롯한 나 자신으로 돌아갈 수 있는 기회였다. 아이들을 재우는 비몽사몽 중에 정신을 가다듬어 책상 앞에 앉을 때도 있었지만, 밤을 새우다시피 한 날은 다음 날 아이들을 돌보기 힘들었다. 때로 피곤해서 도중에 일어나지 못하고 아이들과 함께 늦게까지 잠들어 버리는 때는, 머릿속을 맴도는 상념들이 정돈되지 않은 채 날아가 버린 듯해 공허한 기분에 휩싸였다. 제대로 쓸 수도, 쓰지 않을 수도 없는 날들이 이어졌다.

아이들과 더 많은 시간을 보내고 싶어 퇴사했지만, 동시에 내 일에 몰입하고 싶은 욕구도 점점 커졌다. 이 모순은 내가 떠안은 숙제였다. 일과 육아를 모두 잘 해낼 수 없는 사회의 현실 속에서 일을 그만두고 아이들을 돌보기로 한 이상, '내게 요구되는 제1의 의무'란 가사와 육아 등 가부장제 사회에서 여성에게 요구되는 전형적인 역할임을 알고 있었기 때문이다.

가정이라는 공동체의 기능적 관점에서 볼 때 나의 글쓰기는 주요하지 않은 일이었다. 오히려 내게 주어진 역할을 방해하는 요소였다. 남편은 나의 글쓰기를 응원한다고 말했지만, 내가 글에 몰두할수록 아내와 엄마의 역할에 소홀해지는 데 대한 불편한 마음을 내비쳤다. 누구도 내게 글을 쓰는 대신 밥을 하고, 청소를 하고, 아이들을 돌보는 데 전념하라고 강요하지 않았지만, 글 생각을 하다가 놓쳐버린 가사와 육아의 공백에 스며드는 죄책감은 내 몫이었다. 타인의 시선으로 보자면, 나의 글쓰기는 남편이 벌어다 주는 돈으로 누리는 고고한 취미생활 정도로 치부되곤 했다. 내 편은 없는 듯했다.

외벌이로 가정 경제를 홀로 감당해야 하는 남편의 무게를 모르는 바 아니었기에, 나는 나의 글쓰기가 경제적으로 얼마나 가치 있는 일인지 증명하려 들기 시작했다. 적은 액수라도 원고료가 들어오면 꼬박꼬박 일러주었고, 금전적 대가 없이 자발적으로 쓰는 글에 대해서는 자연스레 함구했다.

부부와 자녀로 구성된 3인 이상의 가정 모델에서 남성의 사회적 노동은 당연한 기본값이지만, 여성에게는 가사와 육아가 기본값이다. 통계청에서 5년마다 실시하는 '생활시간조사'는 2014년 맞벌이 부부 중 여성이 하루 3시간 13분씩 가사 노동을 하는 동안 남성은 고작 41분씩 일한다는 사실을 말해준다. 똑같이 사회적 노동을 하는데도 여성은 집안일을 거의 도맡아서 해야 한다. 다시 말해 여성에게는 집안일을 완수해야만 사회적 노동을 할 자격이 생긴다는 의미이기도 하다. 2019년에 실시될 조사에서 얼마나 더 나은 결과가 나올까. 회의적이다.

이미 가부장제의 한가운데에 들어와 버린 나는, 여성이 이 거대한 틀 안에서 자신의 일을 유지하기 위해 필요한 두 가지 조건을 역설했던 버지니아 울프를 떠올렸다. 그는 1928년 영국 케임브리지대 여성 칼리지인 거튼Girton과 뉴넘Newnham에서 '여성과 픽션'을 주제로 강연하면서 이렇게 말문을 연다.

> "내가 할 수 있는 일이라고는 고작해야 별로 중요해 보이지 않는 한 가지 의견, 즉 여성이 픽션을 쓰기 위해서는 돈과 자기만의 방이 있어야 한다는 의견을 제시하는 것입니다."[6]

울프가 이야기한 '돈'과 '방'은 인류의 역사 이래 시종일관 여성을 짓눌러 온 성차별과 억압의 실체이자 상징이다. 여성은 오랫동안 기득권을 가진 남성으로부터 열등한 존재로 낙인찍힌 채 사회적 존재로서 인정받지 못했고, 집 안에 갇혀 '그림자 노동shadow work'에만 매진해야 했다. 인생의 대부분을 집 안에 머물러야 했지만 자기만의 공간은 가질 수 없었고, 쉬지 않고 일해야 했지만 경제적 보상은 제대로 받지 못한 여성들의 삶. 생활인으로 생존하면서 글을 쓸 수 있는 최소한의 돈 500파운드, 사유로 빚어낸 글을 종이 위에 옮겨 쓸 수 있는 최소한의 작은 공간은 그래서 여성의 인류사적 불평등을 응축해 건져낸 상징이다.

그의 강연을 재구성한 책 《자기만의 방》은 여성의 지위가 지금보다도 한없이 보잘것없던 20세기에 쓰였다. "글쓰기에 놀라운 자질을 가진 여성조차 책을 쓰는 것은 우스꽝스러운 일이며 더욱이 정신이 분열되었음을 보여주는 것이라고 믿었다는 사실을 발견할 때, 우리는 여성의 글쓰기에 대해 만연한 적대감의 정도를 측정할 수 있다"[7]는 것이 당시 그의 통찰이다. 그 시대를 여성으로서 살아내며 굳건히 글을 써온 투지는 경이로울 정도이며, 동시에 정신질환에 시달리다가 결국 자살로 생을 마감했다는 사실은 당시 시대 분위기를 생각하면 놀랍지도 않다.

그가 돈과 방을 논하던 때로부터 90년이 흐른 지금, 세상은 얼마나 진보했을까. 여성이 재능을 발휘하기 위해 사색과 집중에 필요한 물질적 자유와 공간이 필요하다는 그의 통찰은 21세기를 살아가는 우리에게 얼마나 낯선 이야기가 되었을까. 여성을 옥죄는 수많은 겹겹의 장벽들은 얼마나 걷어졌을까.

지금도 여전히 많은 여성들이 자기만의 방을 찾아 전전한다. 이 글을 쓰는 시각, 새벽 1시 45분. 아침이 되면 나는 번잡한 집 안을 치우고 아이들 먹일 요리를 해야 한다. 이 집 안에서 유일한 나의 방은 누구에게도 방해받지 않는 깊고 조용한 밤뿐이다. 또한 이 글을 모아 책을 내게 되었을 때, 계속해서 글을 쓸 수 있을 정도인 최소한의 금전적 대가를 꿈꾼다. 책이 팔리지 않는 시대적 한계를 감안하더라도, 나는 또 여전히 내 글쓰기의 경제적 가치를 증명하기 위해 애써야 할 것이다. 울프는 《자기만의 방》을 쓰면서 100년 후쯤 되면 여성을 가로막는 장벽들이 사라지고 완전한 남녀평등의 시대가 올 것을 기대했다. 그가 제시한 마감 시한은 불과 10년밖에 남지 않았다. 진보의 발걸음은 예상보다 훨씬 더디고 무겁다.

소외된 자의 낮은 눈높이

이때만큼 긴장했던 기억을 또 찾기 힘들다. 친정에 가야 해서 혼자 다섯 살, 세 살 두 아이를 데리고 KTX에 타야 했던 때다. 가뜩이나 '맘충(엄마와 벌레의 합성어로, 자녀를 둔 여성을 비하하는 말로 쓰인다)', '노키즈존No Kids Zone'이 논란인 시대, 조용한 기차에 두 아이를 데리고 탄다는 것은 문자 그대로 온몸이 긴장되는 일이었다.

엄마와 딱 붙어 있으려는 아이 둘을 동시에 돌보려면 서로 마주 볼 수 있는 가족석이 필요했다. 아쉽게도 유아동반 차량의 가족석은 일찌감치 마감이었다. 잠이 와 칭얼댈 수도 있지만 혹시라도 기차를 타는 내내 낮잠을 잘까 싶어, 오후 2시 이후 기차 중에서 비어 있는 가족석을 예매하는 모험을 했다. 다행히 가는 기차에서는 두 아이 다 낮잠에 빠져들었다. 자는 아이들을 깨워 기차에서 내리는 일은 쉽지 않았지만, 그래도 평화롭고 고요했던 2시간은 성공적인 여행이었다.

문제는 돌아오는 길이었다. 이번에는 아이들이 잠들 기미를 보이지 않았다. 다행히 가방에는 스케치북과 크레파스, 퍼즐, 동화책 등 각종 놀 거리와 간식이 미어터지도록 있었다. 대책을 단단히 한 덕분인지 서울로 가는 2시간 내내 아이들은 자리에서 한 번도 일어나지 않을 정도로 얌전하게 있었다. 대신 책 읽기와 그림 그리기, 놀이와 간식에 집중했다. 울거나 소리 지르지도 않았다. 주변 승객들은 간간이 "아이들이 예쁘다", "착하게 잘 논다"며 인사를 했다. 다시 생각해봐도 기적에 가까운 일이었다.

그 기적은 다른 승객들에게 피해를 줄까 봐 5분에 한 번씩은 주의를 준 덕분이었다. "사람이 많은 곳에서는 큰 소리 내면 안 돼", "공공장소에서 이야기할 때는 작은 소리로 말해야 해", "의자 위에 일어서면 안 돼". 아이들은 엄마가 주의를 주더라도 금세 잊어버리기 때문에 수시로 상기시켜야 했다. 그렇게 소란 없이 여행을 마치게 되어 다행이다 싶을 때쯤, 사건이 벌어졌다. 서울역에 곧 도착한다는 안내 방송이 나오고 사람들이 슬슬 내리려는 찰나, 한 젊은 청년이 아이들과 내 앞에서 이렇게 쏘아붙였다.

"기차에서는 아이들 좀 조용히 시키셔야죠!"

나는 그렇게 졸지에 노키즈존이 된 열차에서 맘충 취급을 받으며 욕을 먹는 씁쓸한 경험을 맛보았다. 그 청년은 우리를 기습 공격한 후 조금은 멋쩍었는지 뒤도 안 돌아보고 황급히 나가버렸다. 나는 경황이 없어 이렇다 할 대응을 하지 못했다. 화가 나기도 했지만, 아이들 앞에서 큰소리치는 흉한 모습을 보이는 게 더 싫어서 아무 말도 할 수 없었다.

그 수치스러운 기분은 지금 떠올려도 괴롭다. 나와 아이들의 존재 자체가 부정당하는 불쾌함. 아이들을 보호하기 위해 내 목소리를 낼 수 없는 억압감. 저항하기 힘든 상대를 손쉽게 짓밟는 이로부터 느끼는 열패감. 아이를 동반한 엄마를 혐오하는 세태의 심각성은 미디어를 통해서만 보아왔지, 그게 내 일이 되리라고는 상상도 하지 못했다. 하지만 그렇게 혐오의 시선을 경험하고 나니 아무 말도 하지 않는 불특정 다수의 머릿속에 어떤 생각이 자리하고 있을지 몰라 두려워지기 시작했다.

이후로는 세상을 향한 부정적이고 방어적인 마음이 내

안에 똬리를 틀었다. 처음에는 공공장소라면 어디를 가든 아이들을 단속하기 바빴다. 그러다 점점 아이들을 위한 공간만을 찾아다니게 되었고, 그것도 일상이 되자 나중엔 어른 위주의 공간에는 되도록 외출을 삼가는 지경에 이르렀다. 사람들이 많은 실내에서 잠시라도 아이들이 뛰거나 큰 소리를 내면 누가 손가락질을 할까 봐, 와서 항의를 할까 봐, 누군가가 맘충이라는 제목을 달아 이름 모를 웹사이트에 글을 올릴까 봐 움츠러들었다. 급기야는 대한민국 전체가 노키즈존이 된 것만 같은 피해의식에 시달리는 듯했고, 나는 아이들과 함께라면 사회가 정한 '정상 성인'을 기준으로 하는 외출은 포기한 채 살기로 했다. 인터넷에서 맘충이라는 단어를 접한 지 불과 수년 만의 변화다.

내가 지나치게 예민한 것일까. 그렇지 않다. 실제로 혐오의 용어는 당사자를 겁박한다. 자신이 속한 집단에 대해 사회적 혐오가 존재한다고 여기면 누구나 '나 역시 공격받을 수 있다'는 생각으로 자기검열을 하게 된다. 국가인권위원회에서 '혐오표현 실태조사 및 규제방안 연구'를 진행 중인 홍성수 숙명여대 법학부 교수는 맘충과 노키즈존 현상을 다룬 2018년 9월 8일 자 〈한국일보〉 기사에서 "다수의 여성은 본인의 이야기를 하는 것으로 위협을 느끼고 지나치게 활동이 위축되며, 아이와 엄마는 확실히 이 사회에서 존중받지 못한다는 심리적 불이익을 갖게 된다"고 지적했다. 혐오의 정서가 도처에서 폭발하는 시대, 세상이 칭송해 마지 않던 모성마저 여성혐오의 하위분류로 편입되었고 시간이 흐르면서 수많은 엄마들이 자연스레 세상 밖에 나오기를 두려워하는 지경에 이르렀다.

엄마가 되기 이전을 돌이켜 본다. 내 존재 자체만으로 타인에게 부정당한 기억이 거의 없다. 오히려 인정과 응원을 받은 기억이 훨씬 많다. 우리 부모님은 먹고사느라 바쁘셨던 평범한 분들이었지만 늘 삶을 낙관했다. 나는 "더 잘할 수 있다"는 주변의 성원에 힘입어 더 좋은 단계로 나아가는 일에 몰두하며 살 수 있었다. 학교나 사회에서는 노력하는 만큼 성취를 이루는, 비교적 공정한 환경을 경험했다. 덮어놓고 누군가를 비난하거나 부정적으로 대하는 일을 겪어본 일도 지켜본 일도 거의 없다. 물론 부침 없이 학창 시절을 보내고 사회생활을 할 수 있었던 것이 내가 운이 좋았던 덕분이었음을 지금은 알게 되었지만, 어쨌든 나는 줄곧 세상을 긍정하며 살아올 수 있었다.

하지만 서른여덟 해의 인생 가운데 엄마로 살아온 지난

6년이란 시간 동안, 내 안에는 세상을 바라보는 관점이 뾰족하게 바뀔 정도로 극도의 긴장감이 피어올랐다. 엄마가 되는 일이 이토록 희비가 극명하게 교차하는 일임을 알았다면, 과연 나는 처음처럼 아무 고민 없이 엄마가 될 수 있었을까. 나 자신의 변화보다도 더 두려운 것은 아이들이 세상을 부정적으로 인식하기 시작하는 일이다. 말 못 하는 갓난아이도 자신을 사랑하는 사람과 아닌 사람을 귀신같이 구분한다. 어린이집 통학 차량에서 아이가 숨지는 사고를 방지하는 법안 하나 제때 만들지 못하면서, 정부와 정치인이 출산율 제고와 국가 성장을 논하는 이 사회에서 아이들은 무엇을 경험하게 될까. 어두운 소외감에 겹겹이 쌓여 자란 아이들은 과연 어떤 어른이 되어 있을까.

내게 엄마가 된다는 것은 이전에는 체감하지 못했던 소외와 배제, 차별과 억압의 경험을 쌓는 일과도 같았다. 세상은 미혼의 젊은 여성인 내게는 친절한 편이었지만, 엄마가 된 30대 중반 여성인 내게는 꽤 불친절했다. 아이와 함께 다니지 않는 여성일 때의 나는 이 사회에서 적어도 이류 시민 정도는 되었지만, 아이와 함께 다니는 엄마인 나는 늘 민폐를 끼치는 삼류 시민 취급을 받을 마음의 준비를 해야 했다. 기자로서 아이와 함께 세상에 나가면 '일도 하고 육아도 하는 워킹맘'으로 칭찬받았지만, 무명의 엄마로서 아이를 동반하면 '남편이 벌어준 돈으로 무전취식하는 무능한 아줌마'로 천대받았다.

나의 존재는 그대로인데, 외피가 바뀌자 세상은 나를 다르게 대했다. 차별은 이미 구조적으로 면밀하게 설계된 사회 질서에 따라 작동했다. 내가 어떤 계층, 어떤 층위로 분류되느냐에 따라 세상이 나를 대하는 운영 체제가 자동으로 바뀌었다. 이런 경험은 내가 겪어보지 못한 다른 존재, 다른 계층, 다른 집단의 다른 삶에 대해 상상하게 했다. 누구에게나 조금씩은 존재하는 소수자로서의 정체성을 어렴풋이나마 짐작해보는 일은 나를 돌아보게 했다. 나는 그동안 얼마나 좁은 시각으로, 얼마나 굳은 자세로, 얼마나 뻣뻣한 눈높이로 세상을 바라보았던가.

소중한 아이들을 만나게 된 일을 제외하고, 엄마가 되면서 내가 얻은 가장 가치 있는 것은 아이러니하게도 바로 이 소외의 경험이다. 이 경험들이 없었다면 나는 세상을 다르게 보는 방법을 알지 못했을 것이다. 조금이라도 더 타인의 마음을 헤아리고, 그들의 입장에 서는 상상을 해야 할 필요를 느끼지 못한 채 살았을 것이다. 혼자 살아가는 것이 아니라 함께 살아가는 것임을 몰랐을 것이다. 아이들이 너무 일찍부터 나와 같은 경험을 하지 않기를 소망하는 절실함을 갖지 못했을 것이다. 이 땅에서, 엄마가 되지 않았더라면.

간절함에서 꽃피다

19세기 영국 시인 코벤트리 팻모어Coventry Patmore는 1854년 장편 시 〈가정의 천사The angel in the house〉를 통해, 빅토리아 시대에 가정을 위해 희생하고 남편에게 순종하는 여성을 이상적 모델로 제시했다. 남성의 눈으로 바라본 '가정의 천사'가 수호하는 집은 편안한 안식과 아름다운 평화가 가득한 공간이었겠지만, 여성의 입장에서 그런 기대는 자신을 옭아매는 굴레이자 감옥이었다. 버지니아 울프는 1931년 《여성을 위한 직업Professions for Women》에서 오랫동안 여성을 구속해온 '가정의 천사'를 죽여야 한다고 비판했다. 여성이 아니라 독립된 인간으로서의 주체성을 되찾아야 한다는 외침이었다.

20세기 이전 여성들에게 기대되었던 이상적 여성상은 21세기에 접어들었다고 해서 파괴되지 않았다. 오히려 현대 사회의 고등교육을 받은 여성에게는 사회적 노동을 이어가며 일과 가정을 동시에 지켜야 하는 이중의 의무로 고통이 가중되었다. 혹은 강화된 자본주의 체제하에서 남편에게 경제적 부양 의무를 온전히 이양한 채, 자신이 이룬 사회적 성취를 버리고 가사와 육아에 전념하는 가정 내 성별 분업을 선택해야 했다. 형식적으로나마 정치적 민주화는 이루었을지언정 삶과 생활의 민주화, 젠더의 민주화는 더욱 요원해진 시대다.

역할의 감옥은 현대 사회의 자본주의와 도시화의 영향 아래 개인을 더욱 고립시켰다. 가정에 갇힌 여성은 고층 아파트 내의 바로 옆집에 사는 또 다른 여성을 만날 기회조차 잃었다. 각 가정 내에서 일어나는 일은 철저히 사회적으로 봉쇄되었다. 여성의, 엄마의 역할은 그저 사적인 영역에서 이루어지는 시시껄렁한 신세 한탄으로 치부되었을 뿐, 공적인 무대에서 논의될 만큼 가치 있는 것이 못 되었다. 여성의 사회 진출이 그들의 삶을 구원할 수 있으리라 기대받기도 했지만, 사회에 나간 여성들에게는 남성 중심적으로 짜인 오래된 질서 속에서 그저 살아남는 일만이 절실했다. 그 안에서 여성의 삶을 이야기하는 것은 남성의 질서로부터 도태되고 배제되는 일이었다. 그렇기에 공공의 영역에서 여성의 삶은 더욱 소외되고 마는 아이러니가 반복되었다.

이런 현대 여성을 구원하기 시작한 것은 "여성을 해방하겠다"고 앞장선 어느 영웅이 아니었다. 나는 그것이 스마트폰과 페이스북으로 상징되는 온라인의 연결된, 열린 공간이라는 생각을 한다. 스티브 잡스와 마크 저커버그가 여성의 삶을 얼마나 이해했는지는 모르겠지만, 그들은 결과적으로 스마트폰과 소셜 미디어를 통해 이 시대 여성들에게 세상으로 나가는 문을 만들어주었다. 가정 안에 갇힌 채 물리적으로 벗어날 수 없는 이들이 가상의 세계를 통해 바깥 세상으로 통하게 된 셈이다.

세상을 향한 문을 열어젖히면 문고리를 쥔 채 그 앞을 서성이는 다른 여성들을 찾을 수 있다. 서로 말을 걸고, 화답하던 이들은 차츰 밖으로 걸어 나왔고, 만나기 시작했다. 지구 반대편에 사는 이에게도 나와 똑같은 일이 벌어지고 있음을 공명하고, 바로 옆집에 사는 이와도 공감의 전율을 나눌 수 있다는 사실을 각성했다. 우리는 또 다른 나 자신임을, 이 사회 속에서 서로 연결된 존재들임을 깨달았다. 가정 내에서 일어나는 사적인 일들은 결코 사적인 일이 아니며, 사회의 거대한 구조와 질서 속에서 작동하는 공적인 의제임을 확인할 수 있었다.

이런 인식을 분명히 하게 된 것은 회사를 그만두고 인생이 뜻대로 되지 않음을 깨달은 무렵부터였다. 나는 애타게 무언가를 찾아 나서기 시작했다. 내가 겪는 혼란과 뿌리 뽑힌 정체성의 실체, 그 근원에 무엇이 있는지를 알아야만 했다. 닥치는 대로 읽고, 사고의 줄기를 찾았다 싶으면 그 뿌리를 파내는 심정으로 더 깊이 들어가고자 했다. 그러다 나름대로 생각이 정돈되면 글로 옮기는 일을 반복했다. 삶의 방황, 생활의 혼란에서 출발한 질문의 해답은 결국 페미니즘으로부터 찾았다. 그 도구는 쓰고 읽는 글이었다.

글을 쓸 때 경험하는 몰입의 쾌감은 굉장했다. 머릿속을 간질이는 생각들을 머금고만 있다가 글로 풀어내고 나면 진이 다 빠져나가는 듯했지만, 그 자리는 이내 내면의 충족감으로 채워졌다. 혼돈은 질서가 되고 나는 안정을 찾았다. 다만 안타깝게도 여전히 '가정의 천사'가 되기를 기대받는 현실에서, 글을 쓰기 위해 필요한 최소한의 물리적 시공간은 턱없이 부족했다. 하지만 나는 '궁하면 통한다'는 명제를 경험을 통해 스스로 증명했다.

낮에 아이들을 돌보다가도 순간적으로 떠오르는 아이디어가 있으면 스마트폰의 메모장에 적어두었다. 조금 더 나아간 정돈된 이야기나 에피소드는 페이스북 등 소셜 미디어에 기록했다. 여러 상념이 모이고 모여 긴 호흡의 글을 쓰고 싶어지면 새벽녘에 노트북 앞에 앉아 집중해서 썼다. 그러다 잠결에 엄마를 찾는 아이들을 다시 재우고 침대 한구석에 이불을 뒤집어쓴 채 쪼그려 누워 모바일에서 글쓰기 서비스를 제공하는 애플리케이션에 접속했다. 퇴고와 윤문 등 반복해 새롭게 읽는 작업이 필요할 때면 PC와 모바일이라는 여러 기기를 활용할 수 있는 환경이 무척 유용하게 느껴졌다.

'해리 포터' 시리즈를 쓴 조앤 K. 롤링도 아이를 키우며 늦은 밤에야 소설을 집필했다고 한다. 그의 애타는 심정을 어느 정도는 이해할 수 있을 듯하다. 신이 있다면, 충분하게 주어지지 않는 시간을 쪼개 글을 쓰는 간절함을 가진 이에게 상상 이상으로 초인적인 집중력을 선물해주었을 것이다. 통째로 사용할 수 있는 시간이 없는 환경에서 무언가를 쓰려는 이는 오히려 순간 집중도와 몰입 능력이 급격하게 높아지기도 한다.

그렇게 꾸역꾸역 써 내려간 글은 온라인 공간을 통해 세상 밖으로 퍼져 나갔다. 소셜 미디어에서도 글에 대한 반응과 공유가 뒤따랐다. 글쓰기 서비스인 브런치brunch.co.kr는 가벼운 콘텐츠가 넘쳐나는 온라인 미디어 시대에 나처럼 글 쓸 공간을 찾아 헤매는 이에게 구세주와도 같았다. 독자들은 댓글을 달고 토론을 하고 글을 퍼 나르면서 관심을 표현했다. 이 모든 일은 큰 기쁨이었다.

상호작용을 기반으로 하는 온라인은 글 쓰는 동기를 충족시키는 데 최적화된 공간일 수밖에 없다. 글쓰기는 기본적으로 자신의 생각을 나누고 대화를 이어가기 위한 욕망, 타인으로부터 관심을 받고 동의를 얻고자 하는 욕망에서 출발한다. 강원국은 《강원국의 글쓰기》에서 "글 쓰는 사람은 태생이 '관종'"이며 "글을 쓰는 이유는 관심을 끌기 위해서"라고 털어놓는다.[8] 세상과 단절된 여성에게, 세상에 말을 걸고 타인으로부터 공감을 얻는 것만큼이나 절실한 일이 또 있을까.

나를 드러내고 증명하고자 하는 욕망이 IT 기술을 통해 보다 용이하게 실현되는 시대. 누구든 편리하게 온라인으로 세상에 접속하고 언제든 넓은 세계와 다양한 사람들을 만날 수 있는 시대. 고독한 개인이 아니라 연대하는 다수로 살아갈 수 있는 시대. 연대하는 개인의 가능성은 무궁무진하다. 이런 시대를 만들어준 스마트폰과 소셜 미디어는 그래서 나에게, 또 간절함을 지닌 우리 모두에게 구원이다.

글 쓰는 여성의 힘

영화 〈완벽한 타인〉의 수현(염정아)은 연애 시절부터 남편 태수(유해진)의 사법고시 뒷바라지를 하며 그림자 같은 존재로 살아왔다. 결혼해서도 남편의 무시 속에 전업주부로서 아이를 키우고 가사에 전념하는 것이 인생의 전부다. 그의 유일한 즐거움은 남몰래 화려한 속옷을 입는 것 그리고 문학반에서 시를 읽고 쓰는 것이다. 엘리트 변호사인 남편은 시를 읊는 그를 경멸한다. 그러나 수현은 자신이 글을 쓰는 이유는 그 순간만큼은 "사는 것처럼" 살 수 있기 때문이라고 항변한다.

요즘처럼 여성의 사회 활동이 활발한 시대에 글을 통해

잃어버린 삶을 구원한다는 이야기는 어쩌면 고릿적 서사처럼 보이기도 한다. 하지만 21세기인 지금도 여전히 유효하다는 사실. 여성의 사회 진출을 위해 분투한 역사는 값비쌌지만, 아직 남성을 가정으로 회귀시키는 비용까지 치르지는 못했기 때문이다. 여성은 사회에서 일자리를 얻는 대신 가정 내에서도 노동하는 이중 의무를 진 채 분전한다. 사회에서 활약하던 여성들이 패잔병처럼 가정으로 돌아오는 일은 지금도 계속되고 있다. 여성의 삶은 여전히 절박하며, 목소리를 낼 수 있는 도구가 필요하다.

20세기 대표적 '신여성'으로 손꼽히는 나혜석의 글은 이 시대에 읽어도 공감을 불러일으킨다. 여성에게 불공평한 세계를 글로써 고발한 그는 "(현모양처는) 이상을 정할 것도 반드시 가져야 할 바도 아니며 여자를 노예로 만들기 위하여 부덕을 장려한 것"(〈이상적 부인〉, 1914)이라며 날조된 모성 신화와 가부장제의 폭력성을 고발했다. 1896년생 나혜석은 일본 유학파 출신의 화가, 작가, 여성운동가, 독립운동가로 활약했지만 1948년 무연고 시신으로 생을 마감했다. 명석한 두뇌와 화려한 재능을 지닌 그였기에 자신의 능력이 생의 고통으로 이어질 것임을 알고 있었는지도 모른다. "사람으로 보이지 않는 험한 길을 찾지 않으면 누구더러 찾으라 하리"(《경희》, 1918)라는 읊조림은 스스로를 향한 것이었을까. 그러나 그가 역설하고자 했던 "잘난 여자가 되지 않는 것이 좋아"(《어머니와 딸》, 1937)라는 말은 지금도 당위가 아닌, 처절한 현실의 차원에서 암묵적으로 동의된다.

100년 전 나혜석을 읽는 2019년 여성의 현실 앞에서, 무덤 속 나혜석은 울고 있을지 모른다. 그의 글을 통해 우리는 격세지감과 동시에 기시감을 느낀다. 나혜석 이후에도 수많은 여성이 '사는 것처럼' 살기 위해서 글을 써왔고 그런 현실은 지금도 마찬가지다. 물론 여성은 투표권을 얻었고, 여성할당제를 만들었으며, 출산휴가와 육아휴직을 쟁취하는 성취를 이루었다. 그러나 긴 시간 동안 많은 것들이 점진적으로 바뀌었지만, 여성의 삶이 완전한 자유와 독립의 수준에 이르지 못했다는 사실은 변하지 않았다. 변화의 속도는 더디고, 구조적이고 근본적인 개혁의 길은 아득하다.

문학은 많은 여성의 해방구였다. 여성이 글을 쓴다는 것은 남성의 전유물로 여겨진 이성과 논리, 철학의 세계에 비집고 들어가야 하는 일이었다. 여성에게 허락된 감성, 공감, 예술의 세계와 접점을 이루는 글쓰기가 문학이었던 것일까. 많은 여성이 소설과 시를 통해 자신의 세계를 세상에 내

보이곤 했다. 그러나 장르를 불문하고, 작가가 자신이 여성임을 자각하는 순간 불공평하고 부조리한 세상의 질서와 마주하는 일을 더는 피할 수 없게 된다. 박경리에게도 여성이라는 정체성은 굴레인 반면, 세상을 바라보는 렌즈가 되었다. 그는 〈반항 정신의 소산〉에서 자신이 문학을 하게 된 배경과 반항 정신의 토대에 대해 이렇게 고백했다.

> "어머니의 그러한 모습은 내게다가 결코 남성 앞에 무릎을 꿇지 않으리라는 굳은 신념을 못 박아 주고야 말았다. 그 신념은 무릇 강한 힘에 대한 반항이 되었고 그러한 반항 정신이 문학을 하게 한 중요한 소지가 되었을지는 모르지만 인생에 있어서 나를 고립시키고 말았다. 나는 어머니에 대한 연민과 경멸, 아버지에 대한 증오, 그런 극단적인 감정 속에서 고독을 만들었고 책과 더불어 공상의 세계를 쌓았다."[9]

글을 쓰면서 작가는 자신의 세계를 쌓아 올린다. 세계를 규정하는 것은 언어다. 새로운 언어는 새로운 세계를 불러온다. 글 쓰는 여성의 힘은 결국 짓눌려 보이지 않던 여성의 세계를 세상 가운데로 불러내는 데서 비롯한다. 여성의 언어가 세상을 전복시키는 것을 우리는 지금도 크고 작게 목격한다. 어머니의 어머니 세대에 아무렇지 않게 자행되던 성희롱, 성추행, 성폭행은 지금 시대에 범죄로써 규정되고 처벌받는다. 여성을 남성의 보조적 존재로 여기거나 외모를 평가하는 일이 성차별이며 비인권적인 일이라는 목소리가 커지자, 남성들은 이제 그런 관행에 대해 문제의식을 갖고 언행에 주의하기 시작했다. 여성의 몸을 소비하는 관음의 행태에 '불편한 용기'를 내뱉는 이들이 많아지자 이 문제는 사회적 이슈로 주목받는다. 변화는 언어로부터 시작된다.

자신의 언어는 사회 속에서 나의 존재를 명확히 인지하는 데서부터 시작된다. 나에 대해 쓰다 보면 스스로의 처지가 뚜렷해지고, 무엇이 문제이며 어떻게 바꾸어야 하는지 알게 된다. 여성은 삶에서 경험한 차별과 소외, 배제를 통해 사회의 부당한 질서를 인지하고 꿈꾸던 이상과의 격차를 느끼며 인지 부조화를 겪는다. 이를 견딜 수 없어 사회 변화를 추동해야 하는 당위를 얻고, 자신을 설득해서 스스로 움직이게 한다. 여성의 글쓰기란 새로운 자신과 새로운 세계를 맞이하기 위한 주문 의식과도 같다.

최근 글쓰기 책, 글쓰기 강좌, 글쓰기 컨설팅까지 글쓰기에 대한 관심이 유독 높아지고 있다. 그런데 글쓰기 강좌에는 유독 여성이 많이 몰린다고 한다. 작가 은유는 자신의 칼럼에서 글쓰기 수업을 수강하는 25명 중 남성은 3명뿐이라고 말하며, "여대남소의 성비는 수년째 무너지지 않고 있다"고 쓴 바 있다. 그리고 여성이 배움의 자리에 몰리는 이유에 대해 "그만큼 자기 언어가 절실하다는 증거"라고 분석했다.[10]

남성에게 언어는 절실한 문제가 아니다. 남성의 질서를 토대로 굴러가는 이 사회의 언어는 이미 자신의 것이기 때문이다. 남성은 자신의 생각, 논리, 문제의식에 대해 일일이 표현할 필요도 남성으로서의 삶에 의문을 가질 일도 지금보다 더 나은 질서를 모색할 이유도 별반 없다. 이에 반해 여성은 끊임없이 질문하고 답을 구해야 한다. 남성의 언어로 가득한 이 사회에서 여성은 스스로 자신의 언어를 찾아 헤매는 숙명에 놓인다. 그 언어란 사회로부터 소외되고 지워진 존재로서 경험의 기록이며, 자신을 배제하는 체제에 던지는 질문이다.

여성의 상상력은 자신을 비롯해 세상의 모든 소외된 존재를 위한 것으로 확장된다. 자신의 불편한 경험을 통해, 비록 직접 보거나 듣지 못했으나 어딘가에는 존재할 타인의 세계를 상상하는 힘이 발휘된다. 페미니즘이 성 소수자, 장

애인, 아동, 이주 노동자, 동물, 환경 문제에까지 눈을 돌릴 수 있는 이유다. 여성의 글쓰기는, 그래서 세상을 더 다양한 이들을 위해 변화시키는 데 힘을 보탤 가능성이 높다.

분노하고 울고 일어서다

갓 피어난 들풀처럼 질푸른 20대 청년이었던 그는 2018년 12월 11일 새벽, 초록의 젊음을 다 피우기도 전에 아스라한 어둠의 세계로 떠났다. 태안 화력발전소에서 일하던 하청업체 직원 고故 김용균 씨. 그는 석탄 먼지가 매캐한 작업장에서 컨베이어 벨트에 끼여 외롭게 숨졌다. 발전소는 동료들에게 그의 시신을 수습하라고 했고, 그 일이 채 끝나기도 전에 옆 라인의 컨베이어 벨트를 돌렸다. 끔찍한 사고나 처참한 주검보다 우리를 더욱 섬뜩하게 만든 것은 또 다른 김용균을 언제든 다시 만들어낼 수 있는 이 사회였다.

그 무렵 뉴스브리핑을 하는 라디오 방송에서 나도 김용

균 씨의 소식을 전했다. 뉴스는 이 시대를 살아가는 사람들의 소식 가운데 가장 처절하고 아픈 삶을 조명한다. 무수히 쏟아지는 뉴스 중 하나라고 생각할 수도 있지만, 나는 본능적으로 이 뉴스와 내가 연결되어 있다는 생각이 들었다. 내 삶을 그의 죽음과 따로 떼어 생각할 수가 없었다. 누군가는 더 가까이, 누군가는 더 멀리 있다고 느꼈겠지만 우리 모두가 저마다 그와의 거리감을 재보았을 것이다. 동시대를 살아가고 있기 때문이다.

김용균 씨의 이야기가 나와 연결되었다는 생각이 든 것은 '노동'이라는 말 너머에 있는 복잡하고 처절한 현실의 얼굴 때문이다. 지금도 수많은 노동자들이 크고 작은 문제로 맞닥뜨리고 있는 노동의 구조적 모순과 불합리. 그것이 그토록 끔찍하고 극명하게, 죽음으로 수면 위에 드러났기 때문이다. 기자이자 노동자로서 밥벌이를 하면서, 그동안 너무도 몰랐던 노동 현실을 일부나마 알아갔다. 노동 현장에서 사고를 당하고, 병을 얻고, 목숨을 잃는 일은 생각보다 비일비재하게 일어났지만 좀처럼 다루어지지 않았다. 미디어는 비정규직이나 단순 노무직의 삶을 정밀하게 조명하지 않았다. 때로는 축소하고, 때로는 외면했다.

엄마가 된 후로 노동 문제가 아이를 기르는 일과 깊게

연관되어 있음을 깨달았다. 승자 독식과 성과 지향의 질서로 움직이는 노동 시장에서, 아이 키우는 부모는 일터에서 소외되기 마련이었다. 부모는 자신의 아이는 미래에 소외되는 노동자로 크지 않기를 소망하며, 아이들의 교육 현장을 '남을 밀어내고 내가 올라서야 하는 전쟁터'로 만들어간다. 김용균 씨의 죽음을 목격하며, 부모들은 자신의 아이는 저 자리에 서지 않게 되기를 바라며 제 아이를 재촉했을지도 모를 일이다. 살아남아야 한다, 낮은 자리에 서지 않기 위해 더 위로 올라가야 한다. 저 높고 잔인한 사다리 꼭대기를 바라보며, 그곳에서 추락하고 도태되는 타인을 돌아볼 여유는 없다. 거대한 변혁은 나와 무관하다고 지레 좌절하는 무기력한 개인들. 우리는 부도덕해서가 아니라 그저 살기 위해, 자기 인생만을 버티면서 살아간다.

김용균 씨를 더욱 가깝게 느끼게 한 이는 그의 어머니 김미숙 씨였다. 나도 엄마가 된 후부터, 세상 모든 일을 접할 때마다 그 부모의 심정을 헤아리지 않을 수 없다. 차디찬 바닷물 속에 가라앉은 세월호 아이들의 이야기를 들었을 때, 갓 걸음마를 뗀 첫째 아이를 끌어안은 채 심장이 덜컥 내려앉는 기분을 처음 느꼈다. 아동 학대에 시달리거나 안전사고로 목숨을 잃은 아이들의 소식을 들을 때마다 그 고통이 내게도 전이되는 듯했다. 상상만으로도 눈물이 차오르고 몸이 뻣뻣해져 움직일 수 없는 일들이 이 세상에서는 숱하게 벌어지고 있었다.

김미숙 씨는 그러나 울거나 쓰러져 있지만은 않았다. 먹고살기 바빠 세상 돌아가는 일에 눈 돌릴 틈 하나 없었다고 고백했던 그는, 허망하면서도 두려울 것 없는 눈빛으로 세상 밖으로 나와 소리쳤다. 그는 아들의 죽음뿐만 아니라 비정규직 노동자를 죽음으로 내모는 '위험의 외주화'에 대해 말했다. 그는 아들의 억울한 죽음을 사회의 문제로 지목하며 "용균이의 죽음은 사회 구조적 살인"이라고 외쳤다. 외로운 개인으로만 보였던 한 어머니는 세상과 만났고 이 사회를 움직였다.

비슷한 시기에 또 다른 방법으로 세상을 흔든 엄마들이 있었다. 비영리단체 정치하는엄마들이다. 2018년 10월 대한민국을 들끓게 만든 사립유치원 비리 사태의 시작점에 그들이 있었다. 2017년 6월에 창립한 정치하는엄마들은 그해 2월 국무조정실 부패척결추진단이 공개한 유치원·어린이집 감사 결과에서 비리 기관 실명이 제외된 사실에 착안, 2018년 2월 해당 감사에 적발된 명단 공개를 요청했고 비

공개 처리되자 그해 5월 공개를 요구하는 행정소송을 진행했다. 그 과정에 더불어민주당 박용진 의원과 언론사 MBC가 함께했고, 당해 세상을 뒤흔든 이슈 '사립유치원 비리'가 드러날 수 있었다.

그들의 목소리가 세상에 크게 울린 이유는 무엇보다도 문제의 당사자이기 때문이다. 아이를 유치원과 어린이집에 보내는 엄마, 아빠, 조부모……. 보육 기관에서 아이를 돌보아주지 않으면 직장에 나갈 수 없고, 생활을 제대로 이어가기 힘든 육아 당사자들에게 유치원과 어린이집의 문제는 무엇보다도 절실하다. 특히 아직 불완전한 존재인 아이를 돌보는 보육 기관은 그렇기에 더더욱 맡기는 입장에서만큼은 공고한 '갑'으로 자리매김한다. 보육 기관에서 부조리한 문제나 비리가 발생했을 때, 육아 당사자들은 제대로 맞서거나 싸우기 힘든 '을'이 된다. 이런 상황에서 '을'들 스스로가 연대하고 싸우기 시작했기에, 정치하는엄마들의 목소리는 강력한 힘으로 작동했다.

정치하는엄마들은 본래 사립유치원 이슈만을 다루는 단체가 아니다. 그들은 애초에 아이를 키우는 양육 당사자로서, 성평등하지 않고 아이 키우기 힘든 한국 사회의 문화와 구조적 모순, 불합리의 피해 당사자로서 모여 단체를 창립

했다. 세계적으로 노동 시간이 긴 한국 사회에서 아이 키우며 일하기는 기행에 가깝고, 부부 중 한 명이 일을 관두고 육아를 전담해야 한다면 대체로 임금이 낮은 엄마가 선택된다. 덕분에 여성의 고용 절벽은 아이 키우는 30~40대에 만들어져서 고용률 그래프상 'M' 자를 그린다.

성별, 연령, 혼인 여부와 자녀 유무 등을 기준으로 삼았을 때, 아이 키우는 기혼 여성은 이 사회에서 가장 소외받는 계층 중 하나다. 2019년 국책연구기관 한국노동연구원의 '시간 빈곤에 관한 연구'에 따르면 직장을 다니며 미취학 자녀를 돌보는 기혼·취업 여성의 시간 빈곤이 가장 극심했다. 미취업 상태의 기혼 여성 역시 가사와 돌봄이라는 재생산 노동에 내몰려 자신을 돌볼 새 없이 가부장제에 헌신하길 강요받는다. 그러나 이들은 이 사회를 지탱하고 유지하는 가정의 최전선에 있으면서도 사회로부터 외면당하고 배제되기 일쑤다. 최근 우리 사회가 품은 혐오의 정서는 여성을 넘어 모성에까지 이르렀고, 페미니즘이 유례없이 주목받는 상황에서 모성은 한층 더 공격의 대상이 되고 있다. 정치하는엄마들은 이 모든 이야기를 하는 당사자 단체다.

나는 정치하는엄마들을 비롯해 우리 사회 기혼 여성이 사회·정치의 문제로서 자신들의 이야기를 스스로 꺼내놓는 현상에 주목한다. 개인의 이야기는 개인만의 문제가 아니기 때문이다. 그동안 가정의 담을 넘지 않고 사적인 호소에 그쳤던 개인의 이야기가 집 밖을 나와 연대의 끈으로 묶이는 순간, 사회적 의제로 부상하고 구조와 제도의 문제로 주목받는다. 누구도 큰 소리로 말하지 못했던 문제들은 하나둘 이야기하는 사람이 늘어나면서 더는 의심할 여지가 없는 사회 문제로 다루어지기 시작한다. 그것이 바로 이야기의 힘이며, 개인 서사가 지닌 사회적 파급력이다.

김미숙 씨는 결국 고용주에게만 유리하고 노동자를 착취하기만 해온, 30년 가까이 움직이지 않던 '산업안전보건법' 개정을 이루어냈다. 정치하는엄마들은 정치권의 지루한 공방 끝에 '유치원 3법(유아교육법 · 사립학교법 · 학교급식법 개정안)'을 국회 테이블에 올려놓았다. 법과 제도는 세상을 움직이는 최소한의 도구에 불과할 수도 있지만, 그와 동시에 더 나은 사회로 나아가기 위한 동력으로서 수많은 변화를 예고한다. 변화를 이끌어내기 위한 무수한 노력의 과정을 모르지 않기에, 나는 세상의 모든 행동하는 엄마들에게 빚을 진 기분을 가슴에 담아 이렇게 글로 꾹꾹 눌러 쓴다. 초창기 정치하는엄마들에 함께했던 시간은 내 삶의 빛나는 영광이자 무거운 책임으로 남아 있다.

세상 밖으로 나온 여성들

2016년 5월, 서울 강남역 인근의 화장실에서 20대 여성이 목숨을 잃었다. 평소 여자들에게 무시당해 스트레스를 받아왔다는 남성이 휘두른 흉기에 찔려서다. 화장실에서 기다리던 가해자는 앞서 들어온 남성에게는 아무런 공격을 가하지 않았다. 사건은 페미니즘이 대중적으로 부상하고 있던 사회 분위기를 더욱 들끓게 했다. "여성혐오 범죄다", "아니다" 갑론을박한 끝에 경찰은 조현병 환자의 '묻지마 범죄'로 규정했다. 일부 남성들은 "남자를 잠재적 범죄자 취급 말라" 했다. 하지만 여성들은 피해자의 이름에 자신을 대입해보며, 그저 운이 좋아 살아남았음에 경악했다. "여자라서 죽었다"고 분개한 여성들은 강남역 10번 출구를 추모의 장으로 만들었다. 남성 '갑질'에 대한 여성들의 민감도가 한층 더 높아졌다.

2018년 1월, 서지현 검사가 JTBC 뉴스에 출연해 2010년 법무부 고위 간부 안태근 전 검사에게 성추행을 당하고 인사 불이익까지 받았다는 사실을 폭로했다. 그로부터 촉발된 미투 운동은 문학, 연극, 체육계를 넘어 정치권에까지 파장을 미쳤다. 시인 고은과 연극연출가 이윤택은 사회로부터 퇴출되다시피 했고, 차기 대선주자였던 안희정 전 충남도지사는 정치 생명을 잃었다. '스쿨 미투'도 학교 담장을 넘어 세상 밖으로 나왔다. 세상은 미투 이전으로 돌아갈 수 없을 정도로 변했다. 그동안 어디까지가 범죄인지조차 인식하지 못했던 남성들에게 최소한 각성의 계기는 되었다. 안타깝게도 아직 그 결과는 남성들이 펜스 룰을 논하고, '가짜 미투'의 부작용을 설파하며, '꼴페미'에 대한 혐오 수위를 높이는 데 그치고 있지만 말이다. 그래서 미투는 미완의 혁명이자 현재진행형인 싸움으로 남아 있다.

2018년 5월, 서울 홍익대 누드 크로키 수업에서 남성 모델을 몰래 찍은 여성 가해자를 경찰이 붙잡았다. 불법 촬영 사건을 엄단 조처하는 것이 이상할 리 없는 일임에도 여성들은 경찰의 신속한 대응에 분노했다. 불법 촬영의 공포에 일상적으로 노출된 그들은 피해자가 여성인 사건에 대해 경찰이 이처럼 발 빠르게 움직이는 모습을 보지 못했다. 그전에는 아무리 호소해도 들을 수 없었던 응답을 듣기 위해, 여성들은 혜화역 1번 출구에서 '불편한 용기'라는 이름의 집회를 열었다. 여성단체가 주도해 대규모로 동원한 것이 아니라, 참가자들이 온라인을 통해 모여 자발적으로 나섰다는 점에서 많은 주목을 받았다. 길거리에 선 이들은 여성이 겪은 피해와 고통을 고스란히 증명하는 실체였다.

2018년 11월, 서울 강남의 클럽 '버닝썬'에서 성폭력 사건을 저지하려다 클럽과 경찰 측으로부터 폭행을 당한 한 남성의 이야기가 보도되었다. 이 사건은 초반에는 인기 아이돌 그룹 빅뱅의 멤버 승리가 이사로 있었던 클럽이라는 점에서 가십 기사로 다루어졌지만, 클럽 내에서 강간 마약인 이른바 '물뽕GHB'이 버젓이 사용되었고 경찰이 그 뒤를 봐주었다는 의혹이 나오면서 심각한 사회적 이슈로 떠올랐다. 2019년 3월, 승리가 성매매 알선을 했다는 의혹과 함께 카카오톡 단체대화방에서 가수 정준영을 비롯한 남자 가수들이 약물 강간과 불법 촬영 동영상 유통을 했다는 사실도 알려졌다. 경찰과 권력층 연루 사실까지 더해져 사건은

'버닝썬 게이트'로까지 비화했다. 혜화역에서는 또다시 분노한 여성들의 집회가 열렸다. 그들은 "남성 약물 카르텔을 해체하라"고 소리쳤다. 이 사건이 특정 남성 연예인과 비리 경찰의 문제가 아니라, 한국 사회에 만연한 남성 중심 성性산업 카르텔의 단면이라는 지적이었다.

숨 가쁘게 흘러온 지난 몇 년간, 여성들은 분명하게 인지하게 되었다. 남성들이 쌓아 올린 역사와 질서 속에서 여성의 몸이란 사고, 팔고, 유린되고, 난도질당할 수 있는 한낱 물건으로 언제든 전락할 수 있다는 비릿한 현실을. 여성들은 '내가 강남역 화장실에 있었다면', '내가 서지현이고 내가 김지은이었다면', '내가 버닝썬에 갔었다면'이라는 상상만으로도 무너지는 자신을 깨닫는다. 자신은 운이 좋았기 때문에, '다행스럽게도' 경찰서에 신고하기까지는 애매한 사소한 희롱과 추행의 기억들만 가지고 있기에, 그나마 이 사회에서 이제껏 겉보기에 '멀쩡한' 여자로서 살아갈 수 있었음을 체감한다.

여성들은 위험에서 벗어날 방법을 모색한다. 그러나 사방은 막혔고 방법은 요원하다. 공용 화장실에 가지 않고, 클럽에 가지 않고, '원나잇'을 하지 않으면 안전한가? 짧은 치마를 입지 않고, '정숙'하거나 무미건조한 차림을 하며, 남성들에게 미소를 보이지 않으면 안전한가? 남성 중심적 조직에 애초부터 들어가지 않고, 남성에게 집중된 권력을 요구하지 않고, 가부장제에 충실한 여성의 역할에 봉헌하면 안전한가? 당연히, 그것은 궁극적 해법이 아니다. 소극적 회피로 얻어낸 안온한 일상은 우연하게 유지되는 위태로운 평화일 뿐임을, 어쩌면 오히려 기존의 질서를 더욱 공고하게 만들 뿐이라는 사실을 여성들은 깨닫는 중이다.

2016년의 강남역과 2019년의 버닝썬 사이에 달라진 것은 무엇인가? 암울하게도 세상은 그대로다. 사건을 벌인 남성도 사건을 수사한 경찰도 사건을 전달한 언론도 변한 것은 없다. 그들은 여전히 여성에 대한 남성의 범죄를 개인의 일탈로 선 긋고, 여성을 성적 대상으로 소비하는 남성을 생물학적 필연으로 여기며, 범죄를 범죄라고 울부짖는 여성들을 혐오하면서 성별 '전선'을 형성한다. 성폭력에 희생당한 여성의 고통은 '정치적 음모론'에 의해 하위 문제로 치부되기까지 한다. 2019년을 살아가는 여성들의 현실은 성 상납을 강요받다 배우 고 장자연 씨가 자살한 2009년에서 한 치도 더 나아가지 않았다.

바뀐 것은 단 한 가지, 여성들 자신이다. 여성들은 보다 날카로워진 현실 인식을 갖고 거리로 뛰쳐나왔다. 세상 밖으로 나온 여성들은 범죄를 그저 범죄라고 말한다. 허락 없이 여성의 몸을 만지는 것은 범죄라고, 여성의 몸을 몰래 찍는 것은 범죄라고, 여성의 몸을 성적으로 상품화하는 것은 범죄라고 말한다. 도망가거나 외면해서는 위험으로부터 벗어날 수 없음을 각성한 여성들은 위험을 깨트려 부수고 제거하는 것만이 최선의 방어임을 깨닫는다. 여성들은 위험한 세계를 붕괴시키기 위해, 세상 밖으로 나와 자신을 내걸고 이야기한다. 그들은 스스로 변화했고, 이제는 세상을 변화시키는 데 앞장서고 있다.

여성의 저항이 커질수록 남성의 백래시Backlash(사회적 변화에 따라 나타나는 반발 심리 및 행동)는 강력해지고 그들의 연대 역시 더욱 공고해진다. 그러나 더는 안 되겠다는 남성들도 마이크를 쥔다. 여성의 고발이 여성 자신만을 위한 것이 아님을 알고 있는 이들이다. 그들은 비록 기존의 성별 질서가 여성을 최대 피해자로 몰아넣고 있지만, 소수의 권력자 남성을 제외한 대부분의 남성들에게도 '포악한 상위 포식자'로서의 역할 모델을 주입하며 크고 작은 괴물이 되라고 억압해왔음을 증언한다. 여성을 도구화하며 남성에게 쥐어지는 알량한 권력이 끝내 모두의 삶을 지옥으로 끌어내렸다고 역설한다. 자신이 누구인지 잊고서 각자가 각자의 삶을 온전히 살지 못한 채, 역할의 감옥 속에서 살아가는 현실이 얼마나 끔찍한지에 대해 논한다. 아직 소수이지만, 남성들의 변화는 우리에게 희망이다. 그리고 그들이 목소리를 낼 수 있도록 인도한 것은 결국 여성들이다. 세상을 변화시키는 여성들의 용기 있는 목소리에 경의를 표하지 않을 수 없다.

#3. 어떻게 쓸 것인가: 정확성과 표현

기호학은 흥미로운 학문이다. 사람들은 기호를 통해 의미를 생산하고 해석하며, 내용을 공유하고 소통한다. 스위스 언어학자 페르디낭 드 소쉬르Ferdinand De Saussure는 기호sign가 기표signifiant와 기의signifié로 구성된다고 보았다. 기표는 소리나 문자처럼 물질적으로 전달되고 자각되는 실체인 반면, 기의는 대상의 본질이자 수용자가 받아들이는 개념이다. 예컨대 실물의 사과가 존재할 때 '사과'나 'Apple'은 기표가 되지만, 붉고 달콤한 열매라는 사과의 본래적 의미는 기의로서 작용한다. 기표는 나라나 문화마다 달라질 수 있고, 기의는 본래의 성질을 가짐에도 수용자에 의해 새롭게 변용될 수 있다. 소통은 그래서 어렵다.

프랑스 소설가 귀스타브 플로베르Gustave Flaubert는 일물일어설一物一語說을 주장했다. 하나의 사물이나 현상을 표현하는 적절한 단어는 오직 하나뿐이라는 의미다. 글 쓰는 입장에서야 하고자 하는 이야기가 분명히 존재하지만, 그것을 보여줄 최적의 기호를 찾아 문장으로 표현하는 일은 쉽지 않다. 세상에는 많고 많은 기표가 있고, 그 안의 기의는 사람마다 다르게 받아들일 가능성이 있다. 그 수많은 변수를 고려하며 최선의 문장을 조합해내는 것은 쉬운 일이 아니다. 글쓰기의 통증은 세상에 무수히 떠다니는 단어, 표현, 의미 중에서 자신에게 가장 정확한 '단 한 가지'를 골라내 적재적소에 배치하는 일로부터 온다.

정확성을 기하기 위한 노력은 글 쓰는 자의 운명이다. 또한 독자에 대한 예의이며, 자존을 지키는 방법이다. 애써 쓴 글이 엉뚱하게 해석되는 것만큼 작가로서 낭패는 없다. 정확한 단어, 명료한 표현, 분명한 메시지를 글에 담아내기 위한 노력은 아무리 강조해도 지나치지 않다.

1) 간결성과 정확성

글이 술술 써질 때가 있다. 머릿속 가득하던 상념들이 어떤 자극에 의해 정돈될 때, 오랫동안 고민해온 주제에 대한 자기만의 결론이 확실해질 때, 기발한 착상이나 자극이 떠올라 상상력이 펼쳐질 때 우리는 "영감을 얻는다"고 말한다. 그럴 때는 좌우간 나오는 대로 충분히 써두는 것이 좋다. 쉽게 찾아오지 않는 귀중한 순간이기 때문이다.

공교롭게도 시간이 지나 그때 써둔 글을 읽으면 무슨 말인지 잘 모르겠는 때가 있다. 충만한 영감이 표현의 절제를 가로막았을 가능성이 높다. 그럴 때는 문장마다 불필요한 단어들을 찾아 삭제해야 한다. 중복된 표현은 글의 힘을 떨어트린다. 의미가 어긋난 단어를 찾으면 대체어가 없는지 고민해봐야 한다. 이 작업에서 포털 사이트의 국어사전 서비스는 좋은 도구가 된다. 하나의 단어를 검색하면 유의어, 반의어가 함께 나온다. 여러 단어를 배회하다 보면 내 문장에 더 알맞은, 내가 놓친 단어를 발견할 수 있다. 그때의 쾌감은 퍼즐 마지막 조각을 맞춘 것만큼 짜릿하다.

간결하고 정확한 문장이 아름답다. 단번에 그런 문장을 써내지 못한다고 좌절할 필요는 없다. 대부분의 글쓰기는 나의 생각을 적확하게 표현해줄 단어와 문장을 찾아 헤매는 탐험과 고난의 연속이다. 계속해서 찾고, 쓰고, 고치면 될 일이다.

2) 인용과 맥락

유명 인사의 말과 글을 적절하게 인용하는 것은 글의 효과를 드높인다. 인상 깊게 읽은 책이나 기사의 핵심 내용을 내 글 안에 녹여내고 싶지만, 원문 이상의 효과를 자신할 수 없을 때는 그냥 인용하는 것이 가장 좋다. 다만 인용은 단순히 '베끼기'가 아니어야 한다. 인상적인 문구에 담긴 철학과 사유를 내 것으로 소화해내기 위한 장치로만 활용해야 한다. 그 경계는 무척 아슬아슬하다. 인용할 때는 원문에 대한 경외심을 담고 쓰는 것이 좋다. 그리고 원문의 출처를 명확히 밝힌다.

인용의 생명은 정확성이다. 이따금 원문의 취지에 반대되거나, 몇 퍼센트는 깎아낸 채 큰따옴표로 담아내는 경우를 본다. 매우 비윤리적인 행위다. 안타깝지만 그런 일은 자주 일어나서, 여론을 호도하고 왜곡한다. 알고도 그랬다면 나쁜 것이고, 모르고 그랬다면 무능한 것이다.

아무리 정확성을 기한다고 해도 문장 구조나 흐름, 문체, 비문의 차이 때문에 원문을 '마사지'해야 하는 경우가 생긴다. 그럴 때는 맥락을 살펴야 한다. 내가 인용한 문장이 원문의 맥락을 훼손하지 않는지, 그 문장이 내 글 속에 들어왔을 때 맥락을 설득력 있게 강조하는 역할을 하는지를 판단해야 한다.

덧붙이자면, 한 편의 글 안에서 큰따옴표와 작은따옴표가 너무 많이 등장하는 것은 그다지 좋지 않다. 큰따옴표가 많으면 내용을 자기 언어로 소화할 수 없음을 드러내는 것이고, 작은따옴표가 많으면 논리적으로 서술할 능력이 부족해 인위적으로 강조할 수밖에 없음을 고백하는 것이다. 독자들은 저자의 생각이 궁금한 것이지, 화려한 도구를 늘어놓은 전시를 보려는 것이 아니다.

3) 표현과 문체

작가의 개성을 잘 드러낼 수 있는 것이 상세한 표현과 고유한 문체다. 사람마다 성격이 다르듯 문체에서도 저자의 특성이 드러난다. 논리적으로 조곤조곤 설명하는 과정 끝에 최종 주장으로 이끌어가는 사람이 있는가 하면, 강한 메시지를 먼저 던져놓은 후 이를 뒷받침하는 서술을 이어가는 사람도 있다. 화려한 표현과 수사, 상징을 많이 쓰는 사람이 있는 반면, 건조한 설명만으로 묘사하는 담담한 문체를 선호하는 사람도 있다. 모두 작가의 선택이고 개성이다.

다만 보편적으로 유념하면 좋겠다 싶은 원칙은 있다. 첫째, 상투적인 문구는 쓰지 않는다. 글을 쓰는 이유는 자신만의 생각과 주장을 꺼내 보이기 위함인데 상투적인 표현은 상투적인 글로 이어지기 마련이므로 시간 낭비요, 종이 낭비에 불과하다. 둘째, 묘사는 최대한 친절하고 구체적으로 한다. 불필요한 이야기까지 늘어지게 쓰라는 것이 아니다. 눈에 그려지듯, 생생히 체험하듯 적정선을 채우되 넘치지는 않아야 한다. 셋째, 접속사나 부사를 과도하게 쓰지 않는다. 글을 다 쓴 뒤 다시 보면 접속사나 부사가 불필요한 경우가 많다. 과감히 생략하자. 접속사 없이 맥락과 흐름만으로도 이해하기 쉬워야 세련된 글이다.

4장

사회、연대、글쓰기

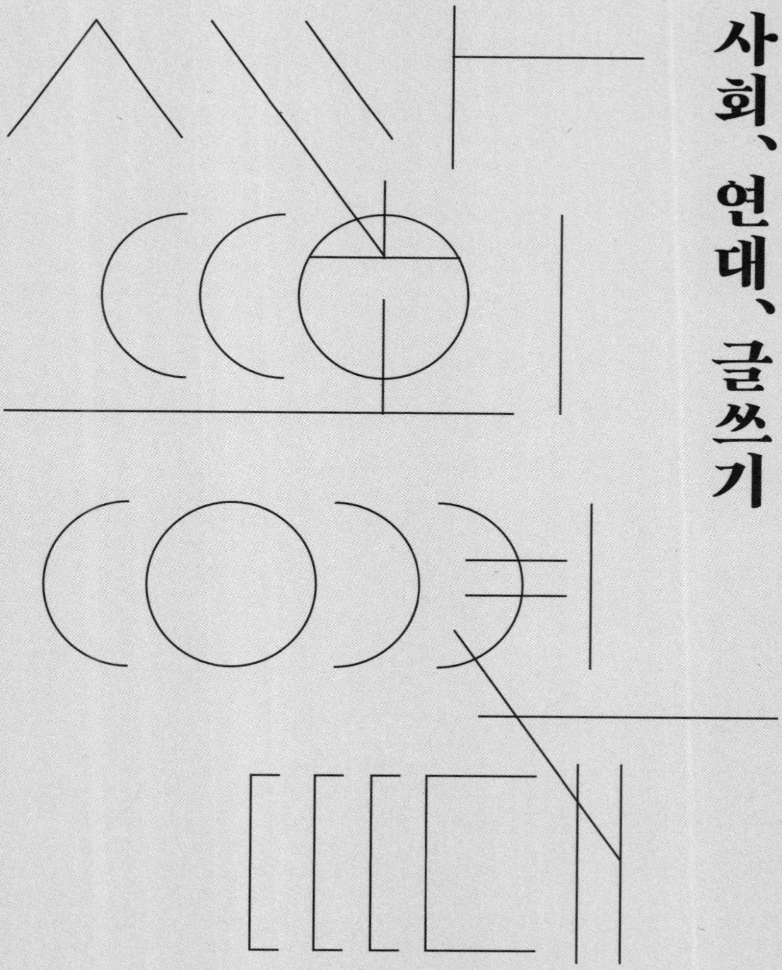

자본주의 사회의 글쓰기 노동

2015년 첫 책을 쓰면서 '작가로 먹고살 수 있으면 좋겠다' 고 생각했다. 나를 오롯이 갈아서 글 속에 쏟아붓는, 괴롭고도 기쁜 지적 노동. 글을 쓰며 느끼는 고통을 상쇄시키고도 남을 희열을 맛보면서, 잠깐이나마 글쓰기만으로도 먹고살 수 있는 작가의 꿈을 꾸었다. 물론 그 단꿈은 첫 번째 인세 정산서를 받아본 후 산산이 부서졌다. 책 한 권을 팔아 저자에게 돌아오는 인세는 아주 미미해서, 책을 써서 생활을 영위한다는 것은 거의 불가능한 일에 가까웠다. 이제 나는 그런 '허황된' 생각을 더는 하지 않는 성실한 글쓰기 노동자로 살아간다.

냉정히 보아 내 책에 상품성이 없다는 의미일 수 있다. 서점 메인 코너에는 TV와 언론에서 자주 볼 수 있는 유명 인사의 얼굴이 크게 인쇄된 책들이 전시된 경우가 많다. 그 광경을 볼 때마다 창고에 재고로 쌓였을 내 책을 떠올리며, 나 같은 신진 저자에게 글을 쓸 수 있는 기회를 준 출판사에 그저 감사해야겠다고 마음먹었다. 이름난 세계적 석학이나 문학가를 제외하고도 잘 팔리는 책들에는 나와는 무관한 특징이 있었다. 아름답고 따뜻한 에세이나 트렌드에 알맞은 감각적인 책들이 베스트셀러 목록에 올라 있는 것을 보면서도 또 한 번 출판사에 고마운 마음이 들었다.

역설적이지만, 파편화된 지식과 가벼운 사유의 조각들이 인터넷을 부유하는 시대임에도 책을 쓰고자 하는 예비 저자들은 늘고 있다. 1인 출판, 독립 출판을 하는 곳이 많아지고, 글쓰기 강좌나 모임도 주목을 받는다. 출판계에서는 글쓰기를 주제로 하는 서적류가 하나의 범주로 자리 잡을 만큼 대중화되었다. SNS를 통해 누구든 자신의 온라인 공간에 글을 쓸 수 있게 되었고, 글쓰기 전문 서비스를 제공하는 온라인 플랫폼도 선보이고 있다. 스마트폰이 책을 죽이는 시대라는 해석도 분분하지만, 다양한 텍스트를 손쉽게 소비하게 된 문화는 그만큼 쓰기에 대한 열망과 욕구를 키워내는 분위기다.

가히 '열풍'이라 부를 만한 글쓰기에 대한 관심이 반가우면서도 한편으로는 글이 하나의 '콘텐츠 상품'으로 각광받는 시대인 듯해 의아할 때도 있다. 신간 한 권의 수명이 너무 짧고, 아무리 좋은 책도 트렌드에 맞지 않으면 순식간에 잊힌다. 무겁고 진중한 책은 운이 좋아야 겨우 화제가 되거나 오래도록 소비되는데, 그렇지 않은 대다수의 경우는 출판 기획자와 편집자의 애만 태운 채 세상에서 사라진다. 그 때문에 작가들은 책 한 권을 내놓고 언론과 방송에 얼굴을 내밀며 '전문가 마케팅'에 몰두해야 하는 처지에 놓인다. 아예 처음부터 대중적 지지도가 높은 저자의 '팔릴 만한' 책을 만드는 데만 관심을 쏟는 출판사도 있다. 고고한 지성의 세계가 부박한 시장에 짓눌린 시대, 글을 쓰고자 하는 이들은 어디에 어떻게 서야 할지 혼란에 휩싸인다.

사회 문제를 다루는 글은 더욱 입지가 좁다. 저널리즘의 연장선상에서 쓰는 '사회적 글쓰기'는 수명이 길지 않다. 시간이 지나면 시대적 맥락과 트렌드에 맞지 않아 금세 '사료'로 삭아버릴 가능성이 높다. 어쩌면 시사는 최신 뉴스를 다루는 신문, 잡지, 인터넷, 팟캐스트를 찾아 소비하는 것이 훨씬 간편하고 경제적일 수도 있다. 당장 먹고사는 일이 바쁘고 눈앞의 과제를 해결하는 데 빠듯한 현대인들에게 사회로 눈을 돌려 구조적 문제를 들여다보라고 강변하는 책은 대중을 물먹은 솜처럼 피로하게 만들 것이다. 사회 문제를 다루는 책이 지적 만족이나 깨달음, 안식보다는 고민과 과제, 괴로움과 불편함을 더 많이 안겨주어서일까.

"사람들을 불편하게 하는 책이 시장에서는 잘 안 팔리지 않는가?" 사회과학 서적을 집필하는 경제학자 우석훈은 〈한겨레〉와의 인터뷰에서 이 질문에 이렇게 답했다.

> "딱딱한 내용이라도 누군가는 말해야 한다. 어떻게 하면 사회를 잘 만들어갈까, 닥친 문제를 해결할 수 있을까에 대한 질문을 던져야 한다. (…) 사회과학이 필요하지 않은 시대나 사회가 어디 있나. 사람이 나이를 먹으면 병원 가까운 데 있는 게 중요하듯이 사회가 복잡해지면 철학과 사회과학이 제일 필요하고 중요하다. 철학이 사회의 기본체질을 강화시키는 거라면, 사회과학은 문제를 진단하고 치료하는 학문이다. 철학과 사회과학을 멀리하는 선진국은 없다."[11]

사회는 늘 움직인다. 변화는 진통과 회복의 과정을 반복한다. 짧게 볼 땐 언뜻 사회가 퇴보하는 것처럼 느껴지기도 한다. 그러나 넓고 길게 보면 사회가 가고 있는 방향, 지향이 존재한다. 그 운동성을 읽어내는 것은 우리의 삶을 궁극적으로 이해하는 데 큰 도움을 준다. 저널리즘은 이에 매우 효과적인 도구로 보이지만, 그 호흡이 다소 밭다. 매일의 사건, 사고, 논쟁, 담론이 그날그날 소화되고 버려진다. 어제의 이슈는 오늘의 화두가 아니다. 따라서 더욱 긴 호흡의 시선이 필요하다.

우석훈은 책을 "사회의 최전선"이라고 했다. 한 권의 책으로 응축된 사회 진단은 개인과 사회를 단단하게 연결하는 매개물 역할을 한다. 책은 당장 우리의 눈앞에서 자취를 감춘 듯한, 하지만 엄연히 존재하는 문제들의 해법을 찾는 묵직한 작업을 해낸다. 개인은 독서를 통해 자신의 고통, 과제, 도전의 무게를 객관화하고 기꺼이 응전하도록 내면의 공간을 넓힐 수 있다. 우리가 사회를 다루는 글을 읽어내는 수고로부터 얻을 수 있는 선물이다.

씁쓸하게도 자본주의 시대에 사회적 글쓰기를 이어간다는 것은 모험이다. 이는 실존의 문제다. 돈이 되지 않는 글을 써서 팔 곳이 없다. 밥벌이로서의 글쓰기는 무력하다. 기자를 그만두고 일거리를 찾아 구직 사이트를 전전했지만 노동 시장에서 내가 쓰려는 글에 값을 치르겠다는 구인 공고는 보지 못했다. 내게 기회를 주는 출판과 언론 시장은 값보다 가치에 투자하는 낭만가들이 더 많다. 모든 것이 시시각각 돈으로 환산되는 시대에 글은 그렇게 빠른 호흡을 지니지 못한다. 글과 글쓰기 노동의 가치가 낮잡아 따져지는 화폐의 시대에, 사회에 대해 쓰고자 하는 작가는 움츠러든다.

어디까지 경계하고 어디부터 내디뎌야 할까? 멀티미디어의 시대에 다양한 채널로 콘텐츠를 제공하는 발랄한 창작자가 되지 못할 것이 어디 있겠느냐고 '쿨'해지다가도, 어쩐지 이런 시대에 더욱 고고하게 홀로 살고 싶다는 욕망에 휩싸인다. 최소한의 생산 가치를 증명해내면서도 최소한의 품위를 지킬 수 있는 글쓰기는 둘로 쪼개진 자아를 동시에 설득해야만 가능한 일이다. 공존하기 어려운 두 가지 욕망, 쓰고자 하는 것과 쓰기를 기대받는 것 사이에서 갈팡질팡하는 것이 이 시대 쓰는 자의 숙명일까? 둘 중 하나를 모른 체하고 쓰기란 더욱 위선적이라는 생각이 들어서, 결론지을 수 없는 무거운 마음을 담아 이렇게 한 편의 글로 써서 메운다.

개인과 사회 그리고 목소리

2018년 연말, 출연 중인 라디오 프로그램에서 한 해를 정리하는 키워드를 꼽아달라고 했다. 고민 끝에 선택한 단어는 바로 '혐오'와 '소외'다. 경쟁이 극도로 심화되어 각자도생해야만 하는 사회, 남을 혐오하고 배제하는 현상이 도처에서 점점 더 자주 발견되고 있기 때문이다. 우리는 각자의 고통에 내몰려 서로 단절된 채 날이 뾰족하게 선 칼이 되었다. 고립되고 옹졸해진 마음들이 주로 자기보다 약한 존재를 겨누고, 약자는 점점 더 약자로 내몰린다. 움츠러들고 작아진 약자들은 점차 이 사회에서 '없는' 존재가 되어간다. 우리는 점점 더 편진하게 쪼그라든다.

세상이 불공평하다는 생각은 자신의 능력과 의지만으로는 이겨낼 수 없는 현실을 마주할 때 더욱 뚜렷해진다. 아무리 노력해도 노동 시장에 진입할 수 없을 때, 시류에 밀려 사회의 비주류가 될 때, 몸과 마음이 늙고 약해질 때, 내가 아니면 누구도 지켜주지 않을 약한 존재가 생겼을 때 우리는 세상의 질서가 공정하지 않다는 사실을 절감한다. 그러나 질서, 구조, 제도와 같은 단어는 일상과 너무 거리가 멀다. 할 수 있는 일이라는 것이 고작 타인을 밀어내고 근근이 버티는 것뿐일 때, 우리는 인간으로서 최소한의 자존감마저 잃어버리는 비극에 빠진다.

몸과 마음이 젊고 건강할 때는 그런 현실이 멀게만 느껴진다. 회사라는 조직과 직업만으로도 나의 정체성을 충분히 설명할 수 있다고 믿었던 시절의 나 역시 그랬다. 자신이 사회 질서 안에서 건강하게 작동한다는 자부심은 내가 속한 사회의 구조적 모순이나 주류 질서로부터 도태된 존재들을 제대로 볼 수 없도록 만든다. 경쟁 속에서 제대로 기능하는 구성원이 되려면, 당장 눈앞에 놓인 과제에만 매몰되어 고군분투해야 한다. 옆도 뒤도 돌아볼 틈이 없다. 불공정한 질서 안의 선량한 개인들은 자신의 역할에 성실히 임했을 뿐임에도 누군가를 억압하고 착취하는 가담자가 될 수 있다는 사실을 인지하기도, 인정하기도 어렵다.

그래서인지 현대인들은 상상력과 공감 능력이 빈곤하다. 우리는 언제든 누구든 이 사회로부터 밀려난 존재가 될 수 있다는 사실을 간과한다. 나도 언젠가 나이 들어 궁핍에 시달리거나, 사고로 장애를 입거나, 아이를 키우는 '벌레'가 될 수 있다는 사실을 상상조차 하지 못했다. 그러다 보면 다른 사람의 감정에 공감하는 일에 서툴러진다. 심지어 타인의 고통을 그저 개인의 게으름이나 노력 부족이 낳은 결과로 치부하는 일도 생긴다. 개인의 탓으로 돌리면 '우리'의 책임으로부터는 자유롭다고 여기게 되는 걸까. 이런 사회에서 어떻게 살아가야만 할지, 내 아이에게 어떻게 살아가라고 가르쳐야 할지 아득해지곤 한다.

요즘 미디어에서는 '개인'을 강조하는 트렌드가 눈에 띈다. 1인 인구가 증가하는 인구사회학적 요인도 없지 않을 것이다. 궁극적으로 본다면 타인과 어울려 살아가는 것이 고통이다 보니 사람들이 그저 나대로, 나답게, 나름대로 살아가는 것에 의의를 두게 되는 듯하다. 나에게 훈수를 두는 '꼰대'를 배척하고, 조직에 얽매이지 않기 위해, 자기만의 삶을 살아가기 위해 퇴사 열풍이 분다. 개인이 홀로, 꿋꿋이, 자기 방식대로 살아가는 것이 멋진 일로 각광받는다. 물론 한국처럼 집단주의 문화가 팽배한 사회에서 이런 흐름은 분명히 반가운 현상이다. 개개인의 개성과 독립성을 존중하는 곳으로 변해간다는 것은 우리 사회가 한 발짝 더 진보하고 있다는 증거다.

그러나 어쩐지 나는 허전한 기분을 느낀다. 내가 행복하려면, 내가 잘 살려면, 과연 나의 삶만을 개선해서 될 일인가. 사회라는 거대한 그래프 속에서 나의 좌표를 좀 더 나은 지점으로 옮겨놓는다고 해서 나의 삶은 완전해질 수 있을까. '노오력'의 가치가 무의미해진 시대이긴 하지만, 개인의 노력이나 혹은 정신승리를 통해 애써 고통의 좌표에서 탈출했다고 느끼더라도 그것이 과연 진정한 해방일까. 내가 벗어난 자리에 또 다른 누군가가 그대로 서서 나와 똑같은 고통을 반복한다면 우리의 행복은 온전하지도, 지속가능하지도 않은 것이 아닌가.

이러한 물음에 대해 문유석은 《개인주의자 선언》에서 답에 가까운 문장을 선물한다.

"합리적 개인주의자는 인간은 필연적으로 사회를 이루어 살 수밖에 없고, 그것이 개인의 행복 추구에 필수적임을 이해한다. 그렇기에 사회에는 공정한 규칙이 필요하고, 자신의 자유가 일정 부분 제약될 수 있음을 수긍하고, 더 나아가 다른 입장의 사람들과 타협할 줄 알며, 개인의 힘만으로는 바꿀 수 없는 문제를 해결하기 위해 타인들과 연대한다."[12]

인간이 진화할 수 있었던 힘은 다른 개체에 비해 비범한 두뇌 능력에도 있지만, 사회를 이루고 공생하는 시스템을 구축하여 함께 살아온 데 있다. 오늘날 현대인에게 부족한 공감 능력은 사실 사회를 이루고 연대와 협력을 통해 우리의 삶을 더욱 나아지도록 발전시켜온 동력이었다. 그러나 사회가 커지고 국가를 형성하며 비대해진 집단의 권력은 공동체라는 이름으로 개인의 삶을 짓뭉개고 희생시키는 폭력을 일삼기도 했다. 한국 사회에서 1980년대 정치적 민주화 운동은 그러한 사회의 역기능을 극복하기 위한 공동체의 싸움이었다.

문제는 우리 사회의 진보가 여전히 그 시점에 멈춰 서 있다는 데 있다. 우리 사회는 (물론 더 진화된 제도를 모색해야 하지만) 정치적 민주화는 어느 정도 이루었을지라도, 개인의 더 나은 삶을 위한 생활의 진보를 이루는 데까지 나아가지는 못했다. 사회 진보를 위해 싸웠다는 386 운동권 내에서

조차 여성 차별이 만연하고, 정치 민주화와 별개로 타인의 성적 취향에 대해 집단으로 나서서 간섭하는 일이 벌어진다. 몸이 불편한 사람들이 여전히 두려운 마음으로 집 밖으로 외출하는 일에 무관심하고, 가난한 나라에서 온 외국인을 최하층민으로 대우하는 것을 당연하게 여긴다. 우리는 아직 사회가 정한 '정상'의 범위에서 조금이라도 벗어난 존재들을 위해 사회 안전망을 구축하는 일을 중요한 화두로 삼지 않는다. 정상인으로서의 지위를 유지하기 위한 경쟁과 싸움이 지금 이 순간에도 우리의 삶을 피폐하게 만들고 있음에도.

소외된 이들의 삶을 개선하는 것은 늘 당사자들의 몫이었다. "개인적인 것은 정치적인 것The Personal is political"이라는 명제가 애초에 급진적 페미니즘의 구호였던 데는 이유가 있다. 남성 권력을 중심으로 한 오래된 가부장제 질서의 증거가 바로 여성 개개인의 삶이었지만, 기존의 남성 중심적 질서는 소외된 여성의 삶을 들여다볼 의지를 갖고 있지 않았다. 결국 구조의 균열과 삶의 해방을 원하는 여성 스스로가 목소리를 내야만 했다. 여성은 개인의 이야기를 있는 그대로 꺼내놓고 투쟁함으로써, 그것이 사적 문제가 아니라 공적인 사회 의제이자 우리 모두의 문제임을 각성시킬 수 있었다.

나는 우리 사회가 보다 다양한 목소리를 내고, 듣고, 대화할 수 있는 곳으로 나아가길 바란다. 자신의 이야기를 있는 그대로 꺼내고, 문제가 무엇인지 함께 고민하며, 가장 좋은 접점을 찾아가는 사회를 꿈꾼다. 누군가의 고통 위에 유지되는 평화는 온당하지 못하며, 우리 각자의 행복을 위해서도 지금보다 더 정당한 규칙을 함께 만들고 고쳐나가야 한다는 사실에 동의하는 이들이 많아지면 좋겠다. 혐오와 소외가 우리를 더욱 끔찍한 지옥으로 몰아넣을 뿐임을, 내가 변하지 않으면 이 지옥을 벗어날 수 없음을 많은 이들이 공감하길 소망한다.

그런 사회라면 지금보다 훨씬 가벼운 마음으로 나의 아이들을 바라볼 수 있을 것이다. 그렇기에 나는 할 수 있는 한, 많은 개인들의 이야기를 글과 말로 담아내는 일을 하며 살아가고 싶다. 비록 지금 우리의 현실에서는 개인의 목소리를 세상에 내놓는 일이 지난한 싸움의 길로 인도하는 초대권이 되곤 하지만.

정치적 글쓰기가 아름다운 이유

《1984》와 《동물농장》의 작가 조지 오웰은 에세이 《나는 왜 쓰는가》에서 글 쓰는 이유를 크게 네 가지로 구분했다. 첫째는 '순전한 이기심'으로 자신의 생각, 지식, 능력을 과시하고픈 지적 욕망에서다. 둘째, 셋째는 '미학적 열정'과 '역사적 충동'이다. 아름답고 유려한 글로 자신의 세계를 표현하는 일에 매혹되거나, 진실을 있는 그대로 기록해 세상에 알리고 후세에 보존하고자 하는 욕구다. 그가 마지막으로 꼽으면서 가장 높게 평가한 글쓰기의 이유는 바로 '정치적 목적'이다.

오웰이 말하는 정치는 통치와 지배의 협소한 의미가 아

니다. 보다 근본적 의미에서의 정치란 타인의 생각을 자신의 뜻대로 이끌기 위한 모든 사회적 행위다. 그가 말한 정치적 목적 역시 "세상을 특정 방향으로 밀고 가려는, 어떤 사회를 지향하며 분투해야 하는지에 대한 남들의 생각을 바꾸려는 욕구"[13]였다. 타인의 생각을 움직이고자 쓰는 글은 뚜렷한 지향을 품는다. 그 때문에 글에 힘이 있고 색이 선명하다. 오웰은 "내 작업을 돌이켜 보건대 내가 맥없는 책들을 쓰고, 현란한 구절이나 의미 없는 문장이나 장식적인 형용사나 허튼소리에 현혹되었을 때는 어김없이 '정치적' 목적이 결여되어 있던 때였다"[14]라고 고백했다.

정치적 목적의 글을 좁게 보면 정치인의 연설문, 정당이나 시민단체의 논평, 신문이나 잡지의 사설, 칼럼, 기사 등이 있다. 이런 종류의 글은 주장하고자 하는 바와 목표, 대안 등을 뚜렷하게 제시한다. 문학 등 예술 영역의 글에서도 정치적 목적은 존재한다. 다양한 비유와 은유, 문학적 구성 장치 속에 작가의 세계관과 정치적 관점을 숨겨놓는다. 어떤 종류의 글이건 쓰는 이가 인식하는 현실과 자신이 지향하는 이상 사이에 공백이 존재한다. 글쓰기는 작가가 그 공백을 메우기 위해 분투하는 과정이다.

정치적 목적으로 글을 쓰기 위해서는 '현실'을 파악하는 일이 필요하다. 사회 안에서 자신의 좌표를 인식하고 입장을 설정하는 것이다. 우리는 오직 단 하나뿐인 자신의 좌표를 갖는다. 세상에는 다양한 입장이 존재하며, 서로 비슷할 수는 있지만 어느 누구도 똑같은 자리에 설 수 없다. 글 속에서 자신을 드러내도 좋고 굳이 드러내지 않아도 좋지만, 쓰는 이가 좌표를 어떻게 규정하느냐는 매우 중요한 문제다. 사안을 바라보는 렌즈, 방향, 시야를 결정하는 일인 까닭이다. 독자는 저자의 좌표와 자기 사이의 거리감을 재어보며 그 간극을 좁힐 것인가, 되레 더 멀리 갈 것인가를 선택한다.

문제는 자신의 좌표를 객관적으로 알기가 좀처럼 쉽지 않다는 점이다. 무엇을 근거로 자신을 규정할 것인가? 일단 한 사람의 정체성을 설명하는 가장 간명한 수단은 객관적 지표다. 출신, 지위, 계급, 성별, 학력, 재산, 성적 지향, 장애 유무……. 우리는 누군가의 '배경'을 통해 그 사람을 얼추 짐작할 수 있다. 스스로도 자신이 지닌 조건을 자기 입장과 정체성을 규정하는 데 동원한다. 그러나 유사한 배경을 지닌 사람이라도 타고난 기질과 성향을 토대로 각기 다른 삶을 살아가는 것을 목격할 수 있다. 우리는 성장과 동시에 지속적으로 겪는 다양한 경험, 환경 변화, 자신의 선택에 따라 계속해서 무언가가 되어가는, 어딘가로 나아가는 존재다.

어제와 오늘 그리고 내일 시시각각 변화하는 우리 자신을 아는 것은 자신만의, 그것도 내면의 문제만이 아니다. 나를 둘러싼 사회를 어떻게 인식하느냐, 그 속에서 스스로 어떻게 정의하느냐의 과제다. 오웰은 스페인 내전에 참전한 1936년을 기점으로 "내가 어디 서 있는지 알게 되었다"고 고백한다. 이후 그는 줄곧 파시즘, 전체주의에 맞서는 사회참여적 작가로 활동하며 자신이 속한 사회와 시대의 요구에 부응했다. 우리의 존재는 운명적으로 맞이하는 역사 앞에서 어떤 삶, 세상을 지향할 것이냐에 따라 비로소 명료해진다.

정치적 글쓰기는 결국 나의 좌표 위에서 내가 바라는 이상향으로 나아가기 위해 타인을 설득하는 일이다. 오늘의 나를 규정하고 내일의 세상을 제시하는 작업이다. 같은 사회, 같은 시대를 살아가는 사람이라도 그 현실을 어떻게 보느냐, 어떤 좌표 위에 서 있느냐, 어떤 꿈을 꾸느냐에 따라 글들은 천차만별로 달라진다. 좋은 글과 그렇지 않은 글은 분명히 존재하지만, 각자의 좌표 위에서 투명하고 선명하게 내는 정치적 목소리는 제각각 타당하다. 우리는 타인의 글에서 나와는 조금씩 다른 시각, 입장, 이상을 읽어내면서 새로운 나를 갱신한다. 쓰기와 읽기가 흥미로운 이유다.

정치적 글쓰기의 목표는 이상의 실현이다. 이상이란 미실현된 꿈이다. 무언가를 꿈꾼다는 것은 아직 이루지 못했다는 의미이며, 그렇기에 실현되지 못한 공백 안에서 꾸준히 싸워야 한다는 것을 뜻한다. 평화를 위해서는 전쟁과 싸워야 하고, 평등을 위해서는 계급과 싸워야 한다. 민주주의는 독재에, 성평등은 성폭력에, 환경은 개발에 대항해야 한다. 현실과 이상의 간극이 넓을 때, 우리는 더욱 강력하게 싸워야 할 운명에 놓인다. 오늘과 다른 내일을 꿈꾸는 이의 문장은 궁극적으로 정치적 글쓰기의 산물이다.

나의 정치적 글쓰기를 돌이켜 본다. 가장 뜨거웠던 기억은 2018년 4월 11일, 국회 앞에서 정치하는엄마들이 개최한 '성평등 복지국가 개헌 촉구' 기자회견에서의 발언문을 쓸 때다. 문재인 정부가 주도한 개헌 논의가 한창일 때였다. '82년생 김지영'들이 '18년생 김지영'들에게 성평등 헌법을 물려주어야 한다고 주장하기 위한 기자회견이었다. 문 대통령이 발의한 개헌안에는 권력구조 개편, 인권과 복지 등 이 시대가 요구하는 주요한 화두들이 다수 담겨 있었다. 그러나 성차별과 경력단절을 겪어온 여성의 눈으로 본 개헌

안은 부족했다. 특히 제33조 제5항 "모든 국민은 고용·임금 및 그 밖의 노동조건에서 임신·출산·육아 등으로 부당하게 차별을 받지 않으며, 국가는 이를 위해 여성의 노동을 보호하는 정책을 시행해야 한다"는 여성의 노동을 불완전하거나 보호가 필요한 것으로 상정하면서 도리어 차별의 근거를 제공했다. 나는 기자회견 발언문에 이렇게 적고 말했다.

"대통령안은 여전히 여성을 보호의 대상으로 규정하는데 그치고 있습니다. 멀쩡한 성인을 보호해야 한다는 말은 그 사람을 동일한 법적, 인격적 주체로 보지 않고 언제든 이류 국민이 될 수 있다는 선언으로 들립니다. 수십 년간 이루어져온 여성보호 정책은 결과적으로 여성혐오의 화살이 되어 여성의 삶을 겨누고 있는 것이 현실입니다. (…) 정치권은 수많은 82년생 김지영들의 목소리에 화답해야 합니다. 15년생 딸이 저와 같은 삶을 살기를 원하지 않습니다. 더불어 13년생 아들이 제 남편과 같은 삶을 살기를 원하지 않습니다. 제 딸이 '미투'를 외치거나 제 아들이 '여성혐오'를 외치길 원하지 않습니다."

개헌은 좌절되었고, 성평등 헌법도 못 이룬 꿈으로 남았다. 여성의 많은 꿈은 여전히 실현하지 못한 미완의 혁명으로 곳곳에 남아 있다. 하지만 우리는 때로 완성을 향하는 꿈들을 목격한다. 2019년 4월 11일, 헌법재판소는 1953년 제정 후 66년간 유지된 낙태죄에 대해 '헌법불합치' 결정을 내렸다. 태아의 생명보호라는 공익에 가려 자기 몸에 대한 결정권을 침해당한 여성들은 수십 년간의 지난한 싸움 끝에 비로소 이 사회에서 남성들과 동일한 인격체로 인정받게 된 셈이다.

이루지 못할 것만 같은 머나먼 꿈을 향해 정진하게끔 만드는 싸움의 도구는 변화에 대한 의지다. 나의 현실과 꿈꾸는 이상 사이의 간극을 메우려는 의지. 현실과 꿈의 거리를 좁히기 위한 투쟁의 역사는 지나온 선배들이 남긴 글들 속에 고스란히 담겨 있다. 나는 그 정치적 글쓰기의 흔적 속에서 세상이 조금씩 변해왔음을 배운다. 우리는 무엇을 위해, 왜 글을 써야 할까? 이는 곧 무엇을 위해, 왜 살아가야 하는지에 대한 질문과도 같다. 나아가는 삶, 싸우는 글. 정치적 글쓰기가 아름다운 것은 그것이 곧 삶을 향한 글쓰기이기 때문이다.

이타적 글쓰기

100마리의 양을 키울 수 있는 공유지에 목동들이 각자의 욕심으로 100마리 이상의 양을 방목하면, 그 공유지는 결국 망가져서 아무것도 키울 수 없는 황폐한 땅이 된다. 인간의 이기적 행동이 궁극적으로 경제를 이롭게 한다는 자본주의 시장 질서는 개인의 자유가 제한 없이 과잉될 때 공동체를 파멸시킬 만큼 위험에 빠트린다. 미국의 생태학자 개릿 하딘Garrett Hardin은 방만한 자유 아래에서의 시장 실패를 '공유지의 비극'이라는 개념으로 설명했다. 그렇기에 인간은 공유지의 비극을 방지하고자 국가를 세우고 규제를 만든다. 공동체를 유지하기 위해서다.

오늘날 우리가 공유지의 비극을 체감하는 공간 중 하나는 '온라인'이라는 공론의 장이다. 글 쓰는 동기를 작가 본인으로부터 찾는 것은 자연스러운 일이지만, 개인의 욕망과 이익만을 좇는 글들로 가득한 공론장은 어느새 난투의 장으로 변모한다. 온라인이 자기 입맛에만 맞는 주장, 여론 조작, 검증 없는 허위 정보가 넘쳐나는 진실의 암흑지대로 전락한 지는 이미 오래전이다. 오염되고 훼손된 채 신뢰라고는 찾아볼 수 없이 무너져버린 공론장은 쓸모를 잃고 황량해진 목초지를 떠올리게 한다.

우리는 법과 제도를 통해 사회 질서를 관리하지만, 온라인 공론장을 그와 유사한 방식으로 규제하기는 어렵다. 국가나 정부가 개인에게 주어진 표현의 자유를 침해할 수 있어 위험하고, 공론장을 구성하는 디지털 공간의 기술적 변화 속도와 그에 따른 문화적 진화를 법과 제도만으로는 따라잡지 못해 아예 불가능한 측면도 있다. 그래서 사람들은 온라인 공론장이 더러워져 정화가 불가능한 지경에 이르렀다고 판단하면, 미련 없이 폐허가 된 공유지를 버리고 새로운 곳을 찾아 떠난다. 포털 생태계가 엉망이 되자 소셜 미디어가 각광을 받았고, 소셜 미디어 역시 피폐한 공간이 되어 가자 제3의 지대를 찾는 수요가 나타난 것처럼 말이다.

불행 중 다행이라고 해야 할까. 디지털이라는 공간은 경제 개념에서의 재화와 달리, 무한에 가까울 정도로 복제가 손쉽고 또 탕진되지도 않는다. 따라서 마구잡이로 써서 오염된 헌 공유지를 버리고 또 다른 공유지를 찾아 떠난다고 해도 크게 문제 될 것이 없다. 현실 세계에서 쓰레기를 어떻게 처리할지, 오염된 토양을 어떻게 되살릴지를 두고 고심하는 것처럼 머리를 맞댈 필요가 없는 것이다. 그렇다면 우리는 온라인이라는 공간에서도 망가진 공유지를 버리고 새 공유지를 찾아가는 유랑을 이어가야 할까? 그 유랑은 과연 좋은 일일까?

그렇지 않다. 새롭게 발견한 공유지가 아무리 오염 없는 무균 지대라 하더라도, 구성원들이 자신의 이익만을 좇고 이기심을 발휘하는 데 거리낌이 없다면 그곳 또한 더러워지는 것은 시간문제다. 더러워지면 언제든 버리고 떠나면 된다는 전제는 공유지를 마음 놓고 오염시켜도 된다는 안일함을 키운다. 온라인에서 사람들이 최소한의 도덕이나 양심, 타인에 대한 배려, 공동체에 대한 선의를 지키지 않는다면 그리고 구성원들 스스로 실망의 경험을 토대로 체념을 합리화한다면 황폐화의 속도는 더욱 빨라진다. 불신, 이기심, 기회주의가 가득한 가상의 공유지는 위험한 자원이

기까지 하다. 왜곡된 정보와 각자의 이익을 추구하는 데 이용되는 지식이 넘쳐나는 공간은 그 자체로 사회악이 된다. 가상의 공유지가 유용한 자원이 되려면, 공간을 이용하는 구성원의 마음속에 공동의 신뢰가 자리 잡아야만 한다. 공유지의 비극을 방지하기 위해 사람들이 스스로 자정 노력을 하는 것처럼.

다시 실물 경제 이야기로 돌아가 보자. 노벨 경제학상 수상자인 엘리너 오스트롬Elinor Ostrom은 하딘이 말한 '공유지의 비극'을 극복하기 위한 인류의 노력에 주목했다. 오스트롬은 '커먼스commons'라는 공유자원을 지속가능하게 유지시키는 '사회적 경제'의 원리를 강조했다. 오늘날 굳건해만 보이는 자본주의 질서 이전에도 경제는 존재했으며, 당시의 경제는 경쟁만을 미덕으로 보지 않았다. 자연 안에서 육체적으로 유약했던 인간은 관계, 공동체, 협동의 질서를 구축했고 그것을 유지하기 위한 윤리와 도덕을 체내화했다. 공동의 생존이 최대 목적이었고, 그 결과 상생과 협력의 가치, 이타심을 발전시키면서 이를 인간의 고유한 특성으로 만들어갔다.

우리는 이러한 사회적 경제의 질서가 시장 자본주의보

다도 더욱 오랫동안 인간의 역사를 이끌어왔다는 사실을 망각한다. 그저 개인을 닦달하는 경쟁 질서가 언젠가부터 경제 영역을 넘어 삶의 모든 부분을 파고들고 있다는 사실을 무력하게 받아들인다. 남을 밟고 넘어서는 것도 모자라서 올라온 사다리까지 걷어차야만 자신의 안온한 삶이 보장되리라는 옹졸한 믿음이 이 시대의 견고한 신화로 자리 잡았다. 양보와 배려, 조율이라는 단어는 사라지고 토론과 논의의 공간도 좁아졌다. 무엇이 옳고 그른지는 중요하지 않으며, 어느 쪽이 더 유리하고 불리한가를 가르는 얄팍한 셈법만이 중시되는 현실이다.

나는 이 암울한 사회의 한가운데에서 최근 각광받는 '공유경제'의 면모에 주목한다. 공유경제는 굳건한 시장 신화의 오류와 그 틈새를 파고든다. 개인이 자신의 이익을 추구하면서도 동시에 공동체가 그 효율을 함께 나눌 수 있는 방법을 탐구한다. 인간의 이기심이 이타성으로 발휘될 수 있는 합리적 구조를 고안하고, 정글처럼 거칠고 부박해진 공동체에 자연스러운 방식으로 새로이 숨을 불어넣는다. 국가나 정부가 주도하지 않더라도 각각의 주체들이 스스로 새로운 길을 모색한다. 우리 시대의 공론장도 이 공유경제의 미덕을 응용한다면 얼마나 좋을까?

공론장에서 사람들은 저마다 자신만의 시선과 문제의식을 담은 목소리를 낸다. 다양한 개인의 목소리가 곳곳에서 나오는 것은 건강한 논의의 출발이다. 개인의 이기심을 합리적으로 논증할 때 그것이 공동체를 위한 이타심으로 발휘되는 논의의 장을 꿈꿀 수는 없을까. 물론 경쟁과 생존의 가치만을 최고로 여기는 사회에서는 어려운 일일 테다. 타인의 이야기에 귀 기울이고 다른 의견을 수용하며 서로의 접점을 찾아나가는 합리적 대화는 사회에 신뢰, 협력, 관계의 질서가 뿌리 깊을 때만 가능하다. 그러니까 먼저 다름에 대한 가치를 인정하고 그 안에서 공동체의 미래를 읽어내는 감수성을 기르는 일부터 시작해야 한다.

대단한 혁명이 일어나야만 가능한 일은 아니다. 우리 사회에도 평화와 공존, 상생을 꿈꾸는 수많은 선의와 자발적 희생이 있다. 나는 지속가능하고 재생력이 뛰어난 공유지에서 우리 삶의 격조가 높아지는 이야기가 쏟아지는 세상을 꿈꾼다. 더러워진 공유지를 버리고 떠나는 것만이 능사가 아니다. 지금부터라도, 나 하나만이라도 연습하고 노력해야 한다. 세상을 이롭게 하는 '이타적 글쓰기'가 넘쳐나는 공유지가 언젠가, 어딘가에는 있으리라 믿고 싶다.

글쓰기로 짓는 연대의 그물망

2018년 10월의 마지막 날, 서울 용산구의 한 주민 센터에서 '성평등 노동과 돌봄'이라는 주제로 강연을 할 기회가 생겼다. 나는 이 책에서도 줄곧 썼듯이 엄마가 된 후의 경험을 토대로 얻은 여성으로서의 자각, 사회적 노동과 돌봄 노동 속에서 발생하는 성불평등에 관해 이야기했다. 이날 강연에는 10명 남짓한 적은 인원이 모였다. 모두 여성이었고 연령대는 20대부터 50대까지 다양했다.

강연이 끝난 후 사회자의 제안으로 모든 참석자의 소감을 들었는데, 이 시간은 내게 다른 무엇으로도 대신할 수 없는 소중한 통찰을 선물했다. 사실 이날 강연 주제와 관련해 내가 주로 소통해온 이들은 나와 유사한 입장에 놓인 30~40대의 생물학적 엄마들이 대부분이었다. 그러니 다른 세대 여성들의 다른 입장과 다른 관점을 접하는 것은 내게 무척 새롭고 즐거운 자극이었다.

특히 서울의 한 여자대학에 다닌다는 20대 여성이 기억에 남는다. 자신을 비혼주의자라고 소개한 그는 아주 짧게 자른 머리에 화장을 하지 않은 모습이었다. 그는 강연 주제가 자신과는 크게 관련이 없을 것 같아 처음에는 참석을 망설였다고 운을 뗐다. 그러나 뒤이어 말했다.

"어릴 때부터 슈바이처같이 세계를 돌아다니며 의료 봉사를 하고 싶다는 꿈을 꿨는데, 그 이야기를 하면 다들 '그럼 너는 결혼은 못 하겠네'라고 말하더라고요. 그래서 저는 언젠가부터 제 꿈을 이루려면 결혼을 안 해야 한다고 생각했어요. 제가 비혼주의자가 된 것도 결국 여성에게 불평등한 노동 환경과 가부장적 질서의 가족 문화 때문이라는 생각을 하게 됐고요. 결혼을 하건 안 하건 이 주제는 모두를 관통한다는 사실을 깨달았어요."

먼 곳에 있는 것처럼 느껴졌던 타인에게 나의 이야기가 가닿았다는 사실에 뭉클했고, 20대 시절의 내가 갖지 못했던 사고의 한 자락을 건네줄 수 있어서 기뻤다. 내가 경험하지 못한 그의 입장을 들을 기회를 갖는 일도 값졌다. 무엇보다 좋았던 것은 이 시대 20대 여성들에게 평소 하고 싶었던 이야기를 직접 전할 수 있었다는 점이다. 강연이 끝난 후, 그에게 다가가 이렇게 이야기했다.

"나는 20대 여성들에게 빚이 있어요. 바로 '탈코르셋 운동'이에요. 내 20대의 코르셋은 하이힐이었어요. 30대가 되어서는 모성이라는 코르셋에 억눌렸죠. 타인의 시선을 신경 쓰고 사회의 기준에 맞춰 사느라 스스로 옥죄어 온 것 같아요. 20대 여성들이 나를 짓눌러 온 각종 코르셋을 벗어 던져도 좋다는 것을 가르쳐줬어요. 정말 고마워요."

30대 후반의 기혼 여성과 20대 초반의 비혼 여성 사이에 순간적으로 흐른 찌릿한 연결감. 그것은 그 자체로 유의미했다. 상대로부터 새로운 관점을 얻는 과정에서 우리 사회의 질서를 지배하는 나이, 지위, 계급 등의 통념이 끼어들 틈은 없었다. 전혀 다를 것만 같은 사람들도 결국 같은 사회 안에서 살아가는 공동체의 일원이고, 거대한 질서와 구조적 흐름 속에서 크고 작은 영향을 미치고 살아가고 있으며, 그렇기에 서로를 알고 이해하며 보듬는 일이 중요하다는 사실을 받아들이는 시간이었다.

내게 강연할 기회를 준 이에게 한없이 감사하며 돌아온 날, 그와 동시에 그동안 해온 나의 글쓰기에도 고마운 마음이 들었다. 강연을 준비하며 한 일은 그저 내가 읽은 책과 쓴 글을 다듬는 작업뿐이었다. 멀리 돌아갈 필요도 없었다. 내가 청중에게 전하고픈 메시지는 삶의 해답을 얻기 위해 분투하며 읽고 써온 글들 속에 고스란히 담겨 있었던 까닭이다. 만약 그간의 고민과 사유, 나름의 결론과 다짐을 글 속에 묻어두지 않았다면 사람들 앞에서 강연을 한다는 것은 언감생심 생각지도 못했을 것이다. 내 안에서 벼리고 벼려 빚어낸 나만의 글이 있었기에, 보다 명료하고 자신에 찬 이야기를 할 수 있었다.

물론 글을 쓰는 매 순간, 나는 고독에 시달렸다. 글을 쓴다는 것은 허허벌판에 집을 짓는 일처럼 그저 막막한 일인 때가 많았다. 고요하고 잔잔하지만 끝없이 넓게만 보이는 망망대해 한가운데에서 혼자 섬을 찾다 표류하는 기분이 들었다. 고통스러웠고 외로웠다. 나의 목소리가 거센 파도 소리에 묻혀 의미 없이 흩어지는 것만 같은 공포에 짓눌렸다.

《남자들은 자꾸 나를 가르치려 든다》를 통해 '맨스플레인mansplain'이라는 용어를 탄생시키며 전 세계에 페미니즘 반향을 불러일으킨 리베카 솔닛은 《멀고도 가까운》에서 글쓰기의 고독에 대해 이렇게 말한다.

> "작가는 직업의 특성상 고립되며, 또 그래야 할 필요가 있다. 가끔 재능은 문제가 아니라는 생각이 든다. 작가의 재능이란 사람들이 생각하는 것만큼 희귀하지 않다. 오히려 그 재능은 많은 시간 동안의 고독을 견디고 계속 작업을 해나갈 수 있는 능력에서 부분적으로 드러나기도 한다. 작가는 작가이기 전에 독자이며, 책 속에서, 책을 가로지르며 살아간다. 다른 사람의 삶 속에서, 또한 다른 사람의 머릿속에서, 매우 친밀하지만, 지극히 외롭기도 한 그 행위 안에서 살아가는 것이다."[15]

누구에게나 글쓰기는 고독한 일이다. 그 누구도 나의 글이 어디로 향해야 할지, 그러니까 종착지는 어디이며 어디쯤에서 끝맺어야 할지에 대해 결정하지 못한다. 결론을 향해 나아가는 일은 오롯이 작가의 몫이며, 글에 불어넣는 정신 역시 작가의 고유한 영혼에서 비롯한다. 그런 의미에서 솔닛의 말처럼, 작가로서의 축복이란 '끈기'일는지 모른다. 홀로 하는 항해의 끝을 향해 끈질기게 견디고 묵묵히 버티며 작업을 이어가는 힘이 결국 글을 완성하는 법이니까. 얼기설기 씨줄 날줄로 엮어놓은 논리를 계속해서 촘촘히 메우고, 여기저기 구멍 난 감성의 빈 공간을 채워 매끈한 옷을 지어내는 것은 꾸준하게 그 일에 매달리는 의지로부터 시작된다.

한 가지 위로라면 인간에게 완전한 고독이란 없다는 사실이다. 나는 글쓰기가 외로운 일이라는 솔닛의 말에 오히려 많은 위로를 받았다. 우리 모두가 외로운 존재들이라는 사실, 너도 외롭고 나도 외롭다는 증언은 나의 고독을 조금이나마 덜어내 주었다. 그러고 보면 글을 쓰거나 독서를 하는 과정에서도 우리는 고독을 벗어나기 위해 수많은 타인을 만나고 대화한다. 그래, 당신도 외로웠군요. 하지만 지금은 우리, 이렇게 이야기하고 있습니다. 쓰인 글과 써나가는 글 사이에는 상대를 어루만지는 침묵의 대화가 이어진다. 솔닛의 표현대로 "글쓰기를 통해 공유되는 고독"은 어쩌면 풍성한 대화가 아닐까.

고립된 개인이 만나 공감과 합일을 나누는 과정을 거치면서 공동체가 형성된다. 사람들은 각기 다른 서로를 만나 각자의 세계를 나눈다. 자신의 고독을 있는 그대로 고백하는 일은 그 자체로 연대의 끈이 된다. 유시민은《어떻게 살 것인가》에서 임상 심리학자 마틴 셀리그만Martin Seligman이 이야기한 삶의 위대한 세 영역인 사랑, 일, 놀이에 더해 '연대'의 중요성을 강조했다. 삶의 기쁨과 의미를 찾는 중요한 요소 가운데 타인과의 관계를 형성하고 공동의 목표를 향해 나아가며 손잡는 행위는 그 자체로 가치 있다고 이야기한다. "타인의 고통과 기쁨에 공명하면서 함께 사회적 선을 이루어나갈 때, 우리는 비로소 자연이 우리에게 준 모든 것을 남김없이 사용해 최고의 행복을 누릴 수 있다"[16]는 것이다. 그의 말에 공감한다.

용산구 주민 센터에서 만난 20대 여성에게 나는 황홀한 연대감을 느꼈다. 내 있는 그대로의 고통, 외로움, 문제의식을 털어놓는 일은 상대에게 공감과 영감을 주었을 것이다. 그 역시 자신만의 고민과 사고, 변화를 이야기하면서 내게 위로와 깨달음을 선물했다. 사회의 모순과 부조리에 대한 고발과 변화를 이야기하기 이전에, 한 인간으로서 체감하는 감정의 연결고리가 더욱 소중하고 가치 있게 느껴졌다. 그 연대감은 서로가 다시 만나지 않는다 하더라도, 이 세상 어딘가에서 각자의 몫으로 작동하고 있으리라 믿는다. 아주 놀라운 경험이며, 크고 작은 변화의 시작일 것이다. 또다시 솔닛의 글 한 구절이 떠오른다.

"나를 놀라게 했고, 지금까지도 놀라게 하는 것은 이야기의 숲과 고독 그 너머에 건너편이 있다는 것, 그리고 그 건너편으로 나가면 사람들을 만날 수 있다는 사실이다."[17]

남성을 생각하다

신혼 초, 남편은 나보다 집안일을 훨씬 많이 했다. 기자였던 나의 일을 지지하고 응원하던 그는 아파트 관리비나 도시가스 요금을 납부하는 일, 관공서나 은행에 가는 일을 퇴근이 늦은 나보다 더 자주 맡았다. 가사 노동을 "돕는다"고 하지 않고 "같이 하는 일"이라고 말할 때, "여자는 태어나는 것이 아니라 만들어지는 것(시몬느 드 보부아르)"이라는 구절을 읊을 때, 싸우다가 "나는 너를 여자가 아니라 한 명의 인간으로 대하는 것"이라고 말할 때 나는 그가 나보다 더 페미니즘을 잘 알고 있다고 느꼈다.

아이가 생긴 후 남편은 달라졌다. 내가 삶의 궤도를 잃어버린 채 부유한다고 느끼며 세상에 분노하던 무렵, 남편의 삶 역시 변화하고 있었다. 내가 자의 반 타의 반으로 가정에 갇히는 동안 그는 가족을 부양하는 외벌이 가장으로서 가부장제 시스템의 최전선에서 버티느라 분투했다. 역사와 철학에 관심이 많던 그는 어느새 주식과 부동산에 몰두하는 한국 사회의 가장이 되어 있었다. 우리 가정은 전형적인 '남성 생계부양자 모델, 여성 가계보조자 모델'을 구현하게 되었다.

그의 욕망은 더 많은 부를 갖기 위해서가 아니었다. 부모의 경제력이 자녀의 미래를 좌우하는 이 사회에서, 남편의 목적은 우리 아이들이 좌절하지 않고 그저 살아남기를 바라는 '생존'을 향하고 있었다. 그래서 쉼 없이 달려가는 그의 뒷모습이 늘 아팠다. 반짝거리던 젊은 날의 그가 이젠 흐릿해지는 것 같았다. 글을 쓰며 자신을 붙잡고 있는 나와 달리, 인생이 휘발되어버린 듯한 남편을 보며 마음이 시큰거렸다. 이 사회에서 여성 못지않게 남성으로 살아가는 것 역시 고통이구나, 생각할수록 아들인 여섯 살짜리 첫째 아이를 바라보는 마음도 무거워졌다.

한국 사회에서 남자로 살아가는 것은 어떤 일일까? 남성이 여성의 삶을 지레 판단하면 안 되듯, 나 역시 그럴 자격은 없다. 그러나 어느 순간부터 '남자의 삶을 이해하고 싶다'는 생각이 피어올랐다. 페미니즘을 말하는 목소리가 높아지자 이를 '여성 우월주의'로 오인하며 여성을 혐오하는 남성의 목소리도 커졌다. 여성이 느끼는 기울어진 운동장을 오히려 반대로 해석하며 이퀄리즘equalism을 주장하는 이들도 있다. 여성의 미러링과 남성의 반격이 거듭되고 반목과 성 대결 양상으로 치닫는 사이, 사회의 긴장감은 극도로 치달았다. 풀 수 없는 묵직한 오해와 문제가 쌓여갔다. 다른 성별이 함께 사는 사회에서, 어느 한쪽의 목소리만으로 변화를 이룰 수는 없음을 느낀다.

최태섭은 나와 유사한 궁금증을 가진 이들을 위해 "이해는 타협을 위해서도 싸움을 위해서도 반드시 필요한 선행 과정"[18]이라면서 《한국, 남자》를 쓴 이유를 설명했다. 그는 특히 최근 한국의 젊은 남성들이 스스로 '피해자성'을 주장하면서 여성을 공격과 혐오의 대상으로 삼는 현상에 주목한다. 젊은 남성들은 자신의 처지에 대해 이렇게 판단한다. 평생 눈물 따윈 흘리지 않는 '남자다움'을 기대받고, 군대에도 '끌려'가야 하고, 가부장의 책임과 의무만을 부여받은 채 어느새 '돈 버는 기계'로 살다가 여자보다 일찍 저세상으로

가야 하는 불쌍한 신세.

최태섭에 따르면 그런 그들이 바라보는 한국 여성이란 군대에도 가지 않고, 남성의 경제력에 의존해 편하게 살아가려 하며, 가뜩이나 피곤한 남성들에게 성차별과 페미니즘을 들이밀면서 자신의 자리를 위협하는 존재다. 그들의 계산에 따르면 오늘날 남자의 불쌍한 처지는 여자 때문에 비롯된 부분이 크므로, 자연스레 혐오와 공격을 일삼게 된다. 남성을 보조하거나 위로하지 않고 그저 기생하는 여성은 '된장녀', '김치녀'로 손가락질받아 마땅하며, 여성의 권익을 주장하는 이들이란 '꼴페미', '메갈'로 부르며 처단해야 할 대상이 되어도 좋다고 생각한다.

최태섭은 "이 괴물 같은 남자들이 어느 날 갑자기 땅에서 솟아난 것은 아니"라면서, 그 연결고리를 "21세기의 청년들에게는 희망을 가질 만한 객관적인 근거가 하나도 없다는 문제"로부터 찾는다.[19] 동의한다. 현재의 30대 이하 한국 남성들은 남성에게 유리한 가부장제 사회의 질서와 환상을 익숙하게 들으면서 자라왔다. 그러나 정작 자신은 그 단맛을 보지 못한 채, 학창 시절부터 줄곧 똑똑하고 능력 있는 여성들로부터 짓눌린 채 자라왔다. 나아가 취업과 결혼을 앞두고 거대한 실존의 벽에 가로막혔다. 청년들은 삶의 좌절을 해결할 분출구를 찾지만 쉽지 않다.

그들은 자신이 언젠가 가부장이라는 '정상' 남성 역할의 삶에 안착했을 때 자신을 지지하고 내조하며 살뜰히 챙겨줄 여성을 이상적으로 생각하지만, 자신이 정상 남성의 위치에 오를 가능성은 점점 더 희박해지는 시대인 데다가 현실의 여성들은 자꾸만 스스로 보조적 존재가 아니라 동등한 한 명의 인간으로서 경쟁하며 독립적으로 살기를 원한다. 가부장 신화를 완성하는 것 자체가 점점 더 어려워지는 시대 속에서, 그 신화를 완성해줄 파트너인 여성들이 해당 역할을 거부함으로써 남성의 욕망은 거세되는 것만 같다. 정작 그 욕망이 정말 스스로 원한 것이었는지, 아니면 사회와 시대로부터 주입된 것인지조차 불분명함에도 그렇다.

과연 남성의 삶을 괴롭게 만드는 것은 여성일까? 여성 때문에 군대에 가야 하고, 여성 때문에 처자식을 먹여 살려야 하고, 여성 때문에 경쟁 사회에서 전쟁 치르듯 생존 싸움을 하는 것일까? 그렇지 않다. 보다 궁극적이고 본질적인 원인은 따로 있다. 남성의 삶을 바꾸고자 한다면, 적어도 그것을 위해 여성을 끌어내려서 될 일은 아니다. 싸울 상대를 잘못 짚은 것이다.

평범한 남성들이 싸워야 할 상대는 이 사회에 뿌리 깊이

박혀 있는 가부장제 그리고 청년을 착취하고 억압하는 극단의 자본주의다. 이 두 괴물이 만났을 때, 여성은 물론이고 남성의 비극도 함께 발현된다. 인간에게 정해진 성별 역할 모델을 강요하고 효율과 이윤만을 추구하는 시스템에서, 목적에 부합하지 못하는 이는 자비 없이 도태되고 소외되며 착취당한다. 너무 거대하고, 멀고, 추상적이기만 한 상대라고? 어쩌겠는가. 중요한 것은 본질을 바로 보는 것이다. 그게 시작이다.

여성은 이미 오래전부터 경험을 통해 그런 역사를 버텨내며 싸워왔지만, 남성은 위협이 체감될 만큼 목전에 다가온 지금에야 비로소 무언가 잘못된 것임을 느끼기 시작한 듯하다. 그러나 그 실체를 제대로 보지 못하고 있기에 애꿎은, 당장 눈앞에 보이며 자신보다는 약해 보이는 타자를 문제로 지목한다. 반짝 신분 상승의 착시 효과로 본인의 심사를 뒤틀리게 만드는 여성들이 화풀이 대상이다. 이런 진흙탕 싸움 뒤에서 웃고 있는 자는 과연 누구일까? 사회의 모순된 질서를 다시 보기 바란다.

한 가지 희망이라면 요즘 페미니즘을 공부하는 남성들이 늘고 있다는 사실이다. 자신의 어머니, 누나, 여동생, 딸을 통해 여성의 삶을 알고 공감하며, 비상식적으로 비틀린 이 사회의 구조와 질서에 질문을 던지는 이들이 등장하기 시작했다. 그들은 집 안에서 가사 노동과 육아에 적극적으로 참여하고, 직장과 사회에서 성차별 및 여성혐오에 문제를 제기하며, 나아가 페미니즘 운동에 힘을 보태기도 한다. 나는 이런 움직임이 강제로 성별 계급을 주입해온 가부장적 사회로부터 남성들도 상당한 고통을 받아왔음을 자각하고 그 질서를 거부하고자 하는 몸부림이라고 생각한다. 그들은 페미니즘이 여성 혹은 특정한 성별만을 위한 사상이나 운동이 아니며, 다양한 마이너리티의 목소리를 끌어안고 모두가 함께 살고자 조율하고 균형을 찾는 행동이라는 점에 동의한다.

페미니스트 교사인 최승범은 《저는 남자고, 페미니스트입니다》에서 "결과적으로 소수자 비기득권 집단의 운동은 다수자 기득권의 마음을 돌려야 성공"[20]한다고 말한다. "결국 남성이 바뀌어야"만 성불평등한 세상이 변화할 수 있다는 것이다. 동의한다. 다만 안타까운 것은 그렇기에 "젠더 권력을 제대로 누려본 적이 없"는 "뇌가 말랑말랑한" 남학생들에게 이 문제의식을 강하게 알리고자 한다는 최승범의 고백이다. 이는 한편으로 다 자라버린 남성들의 생각과 마음을 돌리는 데는 너무 많은 에너지가 소모된다는 뜻이기 때문이다.

미국을 비롯해 전 세계적으로 강경한 목소리를 내는 극우 정치 세력이 결집하고, 여기에 반反페미니즘의 정서가 결합하는 양상이 나타난다. 승자 독식과 각자도생의 시대에 주류로 살아남고자 하는 남성들로부터 광기와 폭압의 시대가 예고되는 것 같아 두렵기까지 하다. 하지만 그런 세계에서 남성은 더 나은 삶을 살 수 있을까? 결코 그렇지 않을 것이다.

더 많은 남성들이 자신을 옥죄는 남성의 틀을 벗어던지고, 자유로운 한 명의 인간으로서 다른 모든 다양한 이들과 공생하며 살아가면 좋겠다. 여성과 남성으로 구분되어 서로를 적대시하는 세상에서는 누구도 행복할 수 없다. 여성을 향한 화살을 거두고 더 나은 세상의 진보를 위해 함께 고민하면 어떨까? 당신의 아들들이 당신과 같은 삶을 살기를 원하지 않는다면 말이다. 나는 나의 딸과 아들 모두가 우리 세대와 같은 삶을 살지 않기를 바라기에, 이 글을 쓰고 있다. 우리는 연대할 수 있는 사람들이다.

우리 모두의 존엄함을 찾아서

하루가 멀다 하고 '갑질' 사건이 벌어진다. 땅콩 포장지를 뜯지 않았다는 이유로 비행기를 회항시키고 승무원을 노예처럼 대한 재벌 3세, 중년의 직원들에게 머리카락을 형형색색 염색하라 강요하며 사람을 장난감 취급한 IT 회사 대표의 이야기는 명백한 계급 사회인 대한민국의 현주소를 증명한다. 우리를 더욱 좌절케 하는 것은 백화점 주차장 아르바이트생에게 무릎을 꿇리거나 패스트푸드점 아르바이트생의 얼굴에 햄버거를 내던지는, 주변에서 볼 수 있는 평범한 이들의 괴물 같은 모습이다. 사람을 인격체가 아니라 도구로만 대하는 이 사회에서, 우리는 무차별적으로 다가

오는 타인의 무례함을 견디며 살아가야 한다. 자칫 운이 나쁘면 무차별적 폭력의 희생자가 될 수도 있다는 공포가 모두를 휘감는다.

이렇듯 긴장 상태로 하루하루를 살아내는 것 자체가 버거운 일이다. 언젠가부터 외출하기 전 운 나쁘게 억울한 일을 당할까 봐 신경을 곤두세우는 것이 버릇이 되었다. 하필이면 그 시간, 그 자리에 있었다는 이유로 우연한 불행을 겪은 각종 사례를 얼마나 무수히도 목격했던가. 노력이나 선의 따위로는 위험을 피해갈 수 없는 이 사회의 현실을 알기에, 우리는 각자의 방어막을 최대한 높이 쌓는 데에 골몰한다. 별일 없기를 바라면서 주위를 살피는 더듬이를 곧추세우느라 애쓴다. 그것이 궁극적인 해법이 아니며 그렇기에 끝이 없다는 것을 알지만, 딱히 다른 방법이 없어 그저 버티고 견딘다.

때로 누군가는 남에게 군림하는 존재가 되고자 애쓴다. '밟히지 않기 위해서는 먼저 밟아야 한다'는 말은 이 사회에서 다진 생존의 내공일 터다. 혹시라도 계급 질서 속에서 핍박받는 위치에 서본 이들에게 자비심을 기대하다가 오히려 더욱 큰 상처를 입는 일도 흔하다. '을'에게 더욱 무참하게 짓밟히는 '을 중의 을'이 더 무섭다. 혹독한 시집살이를 견뎌온 시어머니가 며느리에게 한층 가혹한 시집살이를 시키고, 같은 비정규직 사이에서도 연차를 따져가며 텃세를 부리고 차별을 강화한다. 이 잔인한 먹이사슬의 최하위층에는 누가 있을까. 나 자신의 위치가 갑·을·병·정 어디쯤일지 가늠해가며 숨죽이고 눈치를 살피는 일이 일상이 된다. 이보다 명백한 불행은 없다.

가해하든 당하든, 끝을 알 수 없는 긴장감 속에서 우리의 몸과 마음은 피로하고 눅눅해진다. 상할 대로 상해버린 심신은 우리의 자존감마저 갉아먹는다. 크고 작은 알량한 기득권에 기대어 타인을 착취하는 잔인성을 인간의 본성이라고 치부하자니, 한 명의 인간으로서 너무도 굴욕적이다. 오늘도 '무사히' 별일 없이 버텨냈음에 감사해야 하는 사회에서, '견디는' 삶만을 이어가야 하는 초라한 삶 속에서, 우리는 과연 존엄한 존재라고 말할 수 있을까?

독일 철학자 페터 비에리Peter bieri는 《자기 결정》에서 현대인이 존엄성을 지키며 살아가는 방법을 알려준다. 그가 말하는 존엄한 삶은 자기 스스로 주체적인 결정을 내리며 살아가는 삶이다. 자기 결정은 늘 자신의 경험에 대해 반추하고, 자신이 무엇을 원하는지에 대해 깊이 주의를 기울이며 살아가는 데서부터 시작된다. 자신이 알고 있는 자신과 알지 못했던 자신을 끊임없이 발견하는 과정. 그 속에서 의식의 반경이 확대되고 자아는 지속적으로 계발된다. 심연의 목소리에 귀 기울이는 일은 모든 개인에게 중요하다. 깊은 자기 성찰을 토대로 한 자기 결정은 숭고한 일이며, 그 자체로 존엄의 시작인 것만은 주지의 사실일 것이다. 그러나 그는 존엄한 삶을 위해 시선을 돌려야 하는 지점이 자신의 내면만은 아니라고 말한다.

"내면세계의 윤곽을 서술하기에 알맞은 표현을 찾으려 탐색하는 일은 내적, 정신적 눈으로는 이룰 수 없어요. 우리의 사고와 감정과 소망이 펼쳐지는 세계는 고치 속에 갇힌 양 홀로 존재하는 영역이 아니기에 시선이 외부로 향하지 않으면 이해할 수 없기 때문입니다."[21]

개인이 타인이나 집단에 휘둘리지 않고 각자의 독립된 욕망을 추구하도록 충분히 지원하는 사회는 없다. 사회는 모든 목소리에 귀 기울이지 않으며, 집단의 이해와 충돌하는 개인의 목소리는 짓뭉개기도 한다. 그 때문에 갑이 아닌 을·병·정인 대부분의 개인은 투명인간이 된다. 그들의 욕망은 거세되기 일쑤다. 거대하게 쏟아지는 사회의 압박이 개인을 짓누르는 현실 속에서, 시선을 내부로 돌려 자신과 마주하는 것만으로는 존엄한 삶을 보장할 수 없다. 비에리는 "시선을 밖으로 돌려 타인을 이해하려 할 때와 크게 다르지 않은 시선으로 나를 보아야 한다"[22]고 말한다. 나를 객관화하고, 둘러싼 환경과 그 속에서의 자신을 이해하는 일은 자기 결정의 완성도를 한층 높인다.

삶을 변화시키려면 나뿐만 아니라 나를 둘러싼 환경을 바꾸어야만 가능한 문제가 많다. 자기 안과 밖을 들여다보고 얻은 답이 있다면, 이제 세상에 목소리를 내는 일이 필요하다. 물론 원하는 모든 것을 단번에 바꿀 수는 없다. 변화의 속도가 더디거나 때론 상황이 더 악화될 수도 있다. 평생에 걸쳐도 해결되지 않는 무거운 문제도 있다. 하지만 자신이 원하는 것을 분명하게 꺼내어 말하는 일에서부터 문제는 풀리기 시작한다. 인지하고, 발화하고, 개입하고, 좌절하고, 성취하는 모든 과정에 스스로가 존재한다고 여기는 것이 중요하다. 목소리 내기는 모든 변화의 출발이다.

대한항공 '땅콩 회항' 사건의 피해자인 박창진 전 사무장은 사건의 전말을 담은 책 《플라이 백》에서 자신의 생각을 이야기한다. 무쇠처럼 단단한 재벌 권력에 질 게 뻔해 보이는 싸움을 이어온 데 대해 "사건 이후 내 삶은 오로지 존엄성을 지키기 위한 싸움의 연속"이었다고 말한다. 그리고 "끝내 이 싸움이 온전한 패배로 끝날지라도 후회하지 않을 것"이라고 말한다. 그 무모해 보이기만 하는 싸움을, 이기기 위해서가 아니라 자신을 지키기 위해 이어간다는 말이 짐짓 이해하기 어려웠다. 그는 지난한 싸움을 통해 "적어도 나라는 한 사람은 바뀌었다"고 고백했다.[23] 어쩐지 조금 무력하고 허무한 이 고백이 두고두고 곱씹어진다. '나'라는 세상이 바뀌는 것은 결코 작은 일이 아니지 않을까. 그 변화의 끝에 무엇이 있을지 한계를 알 수 없지 않은가.

세상을 바꿀 수 없다는 것을 알아버린 어른들은 때로 자신을 지키는 일마저 소홀해진다. 실패하는 것이 가장 두렵기 때문에 작더라도 이기는 길을 택한다. 인지 부조화의 한계를 극복하기 위해 현실의 기준에 자신을 끌어내리거나 혹은 끌어올려 억지로 맞춤한다. 이는 안온한 삶을 보장해 줄지 몰라도, 시간이 갈수록 스스로 비천함을 느끼는 일을 막을 수 없다. 자신의 삶이 자신의 것이 아닌 것이 되어버린다. 남루하고 누추한 삶을 모른 척하며 살아간다면, 우리의 삶은 존엄하다고 말할 수 없다.

자신의 존엄을 지키기 위해 싸워온 이들이 이룬 진보의

산물은 지금 우리가 살고 있는 오늘이다. 지지부진하고 더디게만 보이는, 때로는 거꾸로 퇴보하는 듯 느껴지기도 하는 세상의 변화는 지금도 계속되는 중이다. 그 동력은 자신의 존엄함을 지키기 위해 치열하게 살아가는 한 사람 한 사람의 삶이다. 대단한 혁명을 꿈꾸어서가 아니라, 자신에게 부끄럽지 않기 위해 크고 작은 질문들 앞에 서는 일은 충분히 가치 있다. 각자의 존엄함을 지키고자 싸우는 다양한 삶들에 우리는 빚이 있다. 그 빚을 갚을 방법은 스스로 존엄한 인생을 찾는 노력뿐이다.

#4. 어떻게 쓸 것인가: 시작과 끝맺음

글은 자기표현이다. 지금부터 내 이야기를 할 테니 들어달라는 것이다. 자신의 생각, 자신의 매력, 자신의 유일성을 활자로 내보여 타인을 내게로 끌어오고자 하는 목적에서 출발한다. 그런 측면에서 보면 글의 시작은 유혹을, 끝맺음은 여운을 목표로 한다.

글의 시작은 일종의 공약이다. '앞으로 이런 이야기를 할 거야', '이 글을 읽으면 이런 효과가 있을 거야', '한번 끝까지 읽어봐' 하고 독자를 유인한다. 상품으로 치면 광고 문구나 포장지의 디자인과 같은 역할이다. 독자에게 본론이라는 본 제품까지 들어올 수 있도록 안내하고 길을 열어준다. 물건을 사는 사람은 대개 그 물건이 필요해서다. 그런데 드물지만 즉흥적으로 구입하는 경우도 있다. 독자들 역시 해당 주제에 관심을 가진 사람이 그 글을 선택할 가능성이 높은데, 도입부가 흥미로워야 같은 소재의 다른 글보다 차별성을 내세울 수 있다. 또한 완전히 다른 분야에 있던 독자의 관심도 유도할 수 있다. 이래저래 도입부가 중요하다는 이야기다.

글을 끝맺을 때는 작가의 결론만으로 끝내지 않는 것이 좋다. 여운을 남기기 위해서다. 물론 저자가 생각하는 방향은 있을 테지만, 독자에게도 길을 열어주어야 한다. '내 이야기에 동의하라'고 강변하는 것이 아니라, '이건 꼭 생각해 볼 문제'라고 제안하는 정도가 오히려 설득력이 있다. 글을 곱씹을 여지를 주고, 왜 그런 결론을 내게 되었는지 되짚어 볼 여유를 만들어주는 게 좋다. 판단은 누구든 자신의 몫이다. 타인에 의해 끌려가는 나 자신을 발견하는 것은 결코 유쾌한 일이 아니다. 독자에 대한 예의는 여운을 남기는 끝맺음에서 빛을 발한다.

1) 시작이 반이다

모든 작가가 독자를 붙잡아두기 위해 시작을 어떻게 해야 할지 고심한다. 첫 문장 쓰기는 어렵지만, 한편으로는 쉽기도 하다. 하나 마나 한 이야기일까?

최근 있었던 사건, 자신의 일화 등 상징적 에피소드로 글을 여는 것은 일반적인 방법이다. 그러나 본래 하고자 하는 이야기와 연결되는 선명한 고리가 없는 경우에는 위험하다. 도입부와 본문이 물과 기름처럼 따로 노는 경우가 생긴다. 그때는 해당 사례와 내가 하고자 하는 이야기 사이의 개연성을 뜯어보아야 한다. 논리 구조상 튀는 부분이 없는지, 그 흐름이 일치하는지, 적정한 예인지 살펴보고 그중 '철컥' 하고 서로 걸리는 고리를 찾아내야 한다.

누군가의 코멘트나 질문, 속담이나 유명한 격언 등 몇 문장의 인용구로 글을 시작할 때는 아주 함축적이어야 한다. 글을 출발하면서 단 몇 문장 안에 글의 주제의식이나 상징 등을 암시해야 한다. 다만 같은 인용구라도 경우에 따라, 경험에 따라 다면적으로 이해될 수 있는 사례는 조심스럽게 사용해야 한다. 그런 경우는 아예 복합적이고 다층적인 이야기를 할 때 적합하게 이용될 수도 있다.

논리적인 명제나 학술 연구의 결과, 관련 지식 등을 설명하며 시작하는 방법도 있다. 하고자 하는 이야기의 논리적 토대를 도입부에서 충분히 설명해두었으니, 이후에는 글이 술술 풀리는 장점이 있다. 독자를 설득하는 것도 한결 수월하다. 그러나 글의 매력도가 떨어질 위험이 있다. 너무 지루하거나 어려운 이야기는 선택하지 않는 것이 좋다.

첫 문장 쓰기가 쉬울 수 있다고 한 이유는 첫 문장을 쓰는 행위 이전에도 많은 글쓰기의 사전 작업이 있기 때문이다. 첫 문장은 글이 어느 정도 구상된 뒤에 쓰는 것이다. 글의 주제나 구조, 구성, 흐름 등에 대해 어느 정도의 자기 확신이 선 뒤에 쓰는(혹은 쓰면 좋은) 것이 첫 문장이다. 따라서 첫머리는 그저 선택의 문제라 생각하면 다소 쉬워진다. 다양한 옵션 중 하나를 고르는 것이라고 보면 접근하기가 편안하다. 그런 의미에서 '시작이 반'이라는 것은 분명한 사실이다.

2) 끝은 또 다른 시작

글을 마무리하는 순간은 확실히 힘들다. 이 정도면 되었을까? 설명이 잘 된 것일까? 묘사나 비유가 적절했나? 너무 '오버'하지 않았을까? 고치고 고쳐도 무언가 아쉬운 기분. 아무리 독자로 빙의해서 읽고 또 읽어도 문제점이 보인다. 어제 고친 것을 오늘 다시 제자리로 돌려놓고, 그다음에 또 다시 고치곤 한다. 완전히 손을 떼고 빠져나오기가 힘들다.

더는 고칠 곳을 찾고자 하는 의지도 동력도 떨어져 손댈 곳을 찾을 수 없을 때는 끝맺음에 눈을 돌린다. 글을 이렇게 마무리하는 것이 온당한가? 글 전체와 모순되는 부분은 없나? 너무 교훈적이거나 선언적인 마무리는 아닌가? 대안을 지나치게 자세하게 쓴 것은 아닌가? 이 끝맺음의 메시지를 내가 책임질 수 있을까? 마지막 한 문장을 더 썼다가 지우고, 줄였다가 늘린다. '중용'의 미덕을 발휘하기가 가장 어렵다.

마무리를 도입부와 연결하면 묘한 카타르시스를 준다. 글을 시작한 이유, 질문 등이 담긴 첫머리가 본문을 거쳐 끝머리와 만남으로써 완성된 느낌을 만든다. 그러면서 또다시 근본적인 질문으로 돌아가고, 읽는 이의 생각을 거듭 묻는 효과를 줄 수 있다. 다만 시작하며 했던 이야기를 반복하는 것보다는 같은 맥락의 이야기도 다르게 표현하는 것이 좋다.

요약을 할 수도 있다. 기계적인 압축보다 약간의 비유를 사용하는 것도 좋다. 자연이나 사회 현상에 빗대어 이해하기 쉽게 반복해서 묘사하는 것도 좋다. 급작스럽게 종착지에 도착하면 강렬한 인상을 줄 수 있지만, 그만큼 부담감도 크다. 요약을 통해 한 번 정리하면서 글을 끝맺으면, 독자의 소프트랜딩을 도울 수 있다.

질문으로 끝내는 방법도 있다. 섣불리 결론을 내려 하지 않는 것이다. 당신이 읽어온 글이 결국 이런 것을 묻고 있다는 사실을 명시해준다. 작가가 이야기하고자 하는 것이 작가 자신의 결론을 선언하거나 제안하는 것이 아니라 우리 함께 생각해보자고 권유하는 결론임을 알린다. 독자의 영역을 넓혀주는 방법이다.

내가 좋아하는 끝맺음은 끝난 것 같지 않은 끝맺음이다. 읽는 이에게 여운을 주는 것, 함께 생각할 기회를 만드는 것, 그리고 세련된 단절의 미학을 발휘하는 것이다. 말이건 글이건, 내 이야기를 와르르 쏟아내고 말아버리는 것은 좀 우스꽝스럽다. 끝맺음은 사실 '끝난 그다음'을 말하기 위한 것이 아닐까? 세상에 완전한 끝은 없다. 모두 어딘가로 연결되는 법이다. 그래서 끝맺음은 어렵다.

나가는 말

아침 6시. 나는 우리 집에서 가장 일찍 눈을 뜬다. 아이들은 7시 30분쯤 일어난다. 내가 1시간 30분 앞서 일어나는 건 아침 식사를 차리기 위해서가 아니다. 애초부터 이만큼 빨리 알람을 맞춘 것도 아니었다. 10분씩, 30분씩, 알람 시간은 조금씩 앞당겨졌다.

처음엔 그저 마음 편히 샤워를 하고 싶었다. 아침잠을 깬 아이들이 나를 찾기 시작하면 화장실 한 번 편하게 가지 못했기에, 아이들보다 일찍 일어나는 편이 나았다. 여유로운 샤워를 하고 나니 느긋하게 모닝커피를 마시고 싶어졌고, 조용히 조간신문을 읽거나 아침을 먹고 싶어졌다. 아니, 멍

하게만 있더라도 고요하고 오롯한 내 시간을 갖고 싶었다. 돌아보면 우리 엄마 역시 평생 가족이 잠든 새벽마다 분주하게 일어나셨다.

이른 아침, 늦은 밤, 아이들이 유치원에 가 있는 짧은 오전. 나에게는 귀하디 귀한 황금 시간대다. 쪼개고 쪼개어도 모두 합쳐 하루 평균 서너 시간이 채 못 된다. 짧고 불연속적인 이 금쪽같은 자투리 시간을 다시 자르고 이어 붙여 쓴 결과물이 바로 이 책이다. 그러다 보니 생각보다 원고 작업이 많이 더디고 미루어졌다. 계약 당시 출판사 편집자에게 "마감 하나는 자신 있다"고 당당하게 말했던 것이 무색하게도, 원고는 계획보다 몇 달 늦게 마무리되었다.

원고 작업을 하는 동안 크고 작은 인생의 변화가 있었다. 이사를 다니고, 아이들이 유치원에 가기 시작하고, 남편은 회사를 옮겼다. 그동안 가족의 '생활'에 필요한 각종 자잘한 집안일은 모두 내 차지였다. 이사 가기 위해 포장이사 업체의 견적을 비교하고, 정수기나 TV 이전 설치를 하고, 부동산 계약 절차를 챙기는 일. 새로 입학한 유치원에 아이들이 적응하며 생기는 각종 감정노동, 매일매일의 등·하원, 간간이 있는 학부모 행사에 참여하는 일. 나는 밥하는 존재가 되었다가, 운전사가 되었다가, 집사가 되었다가, 놀이터 지

킴이가 되곤 했다. 일상 대부분의 시간을 누군가의 보조자로서 역할하는 데 써야 했다. 우리 가정 안에서 나는 언제건 새로운 역할로 대체되지만 궁극적으로는 대체 불가능한, 그런 기이한 존재였다.

그러다 마른 수건을 짜내듯 만들어낸 시간 속에서, 나는 종종 글 쓰는 사람이 될 수 있었다. 하지만 그마저도 이 책의 원고는 사실상 가장 뒤로 밀렸다. 글 쓰는 시간 중에서도 대부분을 기사나 방송 원고를 쓰는 데 사용했다. 무소속 인간으로서 사회로부터 차단되고 고립된다는 공포가 늘 엄습했고, 그것은 어디든 나를 필요로 하는 곳에 헌신해야 한다는 절박함으로 이어졌다. 최근 라디오 시사 프로그램에 출연할 기회가 생겼는데, 신문기자 출신인 나에게 방송은 완전히 새로운 장르였기에 항상 높은 긴장감과 에너지를 쏟았다. 《다가오는 말들》에서 은유는 "말하기와 글쓰기는 반대의 에너지가 든다. 글은 자기 생각을 의심하는 일이고, 말은 자기 확신을 전하는 일이다"[24]라고 썼다. '쓰기'보다 '말하기'가 어려운 것을 보면, 내가 확신보다 의심이 더 많다는 방증이라는 생각이 든다.

누구도 나를 필요로 하지 않는 깊은 밤, 냉랭한 새벽이 되면 늘 이 원고 앞에 마주 앉았다. 눈이 가장 피로하고 허리와 다리가 가장 뻐근할 때. 그러나 신기하게도 머릿속은 가장 또렷하고 반짝였다. 아마도 부산하게 역할을 전환해가며 몸과 뇌를 써야 하는 일과 시간에는 만날 수 없었던, 내 안의 깊숙한 층위 아래에 숨겨진 나와 만날 수 있었기 때문일 것이다. 대단한 철학과 통찰이 아니더라도 좋았다. 지금 이 순간의 내가 과거의 나에게, 혹은 앞으로 맞이할 나에게 말을 걸고, 무언가를 묻고, 답을 구하는 과정이 좋았다. 즐거우면서 고통스러웠고, 괴로웠지만 기뻤다. 존재를 확인하고 또 확신해가는 과정에서 희열이 피어났고, 그것은 나의 오롯한 달콤함이 되었다.

내가 어디로부터 어디를 향해 흘러가고 있는지 혼란스러울 때, 글쓰기는 나의 부표가 되었다. 어렴풋이 글쓰기에 대한 애정이 싹트고 있을 무렵, 이 책을 써보라고 제안해주신 김진형 편집자님께 늘 고마운 마음을 품고 있다. 추천해준 다양한 레퍼런스를 토대로 처음 상상해본 것처럼, 우아한 원고로 완성하지 못한 데 대한 미련이 다소 남는다. 하지만 예상보다 버석거렸던 사고의 한계를 깨닫고, 조금이라도 더 습기를 머금게 된 귀한 시간이었다. 글쓰기가 나를 한 뼘 더 자라게 한다는 사실을 이번 작업을 통해 또 한 번 깨달았다.

이 책을 읽는 이들에게 글쓰기의 고통과 즐거움을 소개하고 싶었다. 솔직히 "이렇게 쓰라"든가 "잘 쓰는 법"에 대해 논하는 것은 어색해서, 미루고 미루어서 썼다. 나 역시 계속해서 글쓰기에 애를 먹고 있는 사람이어서 그렇다. 그러나 글은 무언가가 되어가는 과정의 기록이지, 완벽한 성취의 결과물이 아니라는 생각으로 꿋꿋이 썼다. 완성된 무언가의 성과를 내놓아야 한다는 강박에 휩싸이면 아무것도 쓸 수 없다. 중요한 것은 잘 써진 글이 아니라, 쓰고 있는 나 자신이라며 정신 승리를 거듭했다. 그런 생각으로 보다 편안하게 원고를 대했고, 그 솔직한 마음이 독자들에게도 전해지면 좋겠다.

중간중간 계속해서 나를 응원해주고 미완의 원고를 세상에 좀 더 알리기 위해 애써준 한의영 편집자님과 막바지 작업을 함께 해준 정혜지 편집자님께 감사드린다. 여성이자 엄마로서의 삶을 고민하는 데 동지가 되었던 정치하는 엄마들의 많은 언니들과 나의 친여동생, 아이들 유치원 친구들의 엄마들, 동네 엄마들에게 고마움을 전한다. 저널리스트로서의 삶을 계속 유지하도록, 또 어떤 의미에서는 더욱 확장시킬 수 있도록 도와준 김준일 〈뉴스톱〉 대표와 언론계 선후배, 동료들께도 감사하다. 끝으로 나를 지탱해주는 존재인 우리 엄마와 남편, 보석같이 반짝이며 늘 나를 위로하는 유준과 유하에게 사랑을 전한다. 나는 언제 어디에 서건, 앞으로도 계속 무언가를 쓰며 살아갈 생각이다.

참고 도서

1. 은유, 《글쓰기의 최전선》, 메멘토, 9쪽
2. 우치다 다쓰루, 《어떤 글이 살아남는가》, 원더박스, 47~48쪽
3. 김영하, 《말하다》, 문학동네, 106쪽
4. 〈단비뉴스〉, "글도 건축가처럼 '지어라'", 2018년 1월 5일 자
5. 정희진, 《페미니즘의 도전》, 교양인, 32쪽
6. 버지니아 울프, 《자기만의 방》, 민음사, 18쪽
7. 버지니아 울프, 《자기만의 방》, 민음사, 98쪽
8. 강원국, 《강원국의 글쓰기》, 메디치미디어, 285쪽
9. 박경리, 〈반항 정신의 소산〉, 《세계문예강좌4 – 창작실기론》, 어문각, 190쪽
10. 〈시사IN〉, "글쓰기 강좌에 여성이 몰리는 이유", 2018년 8월 22일 자
11. 〈한겨레〉, "책은 사회의 최전선… 딱딱하고 불편한 얘기 계속할 터", 2019년 1월 12일 자
12. 문유석, 《개인주의자 선언》, 문학동네, 26쪽
13. 조지 오웰, 《나는 왜 쓰는가》, 한겨레출판, 294쪽
14. 조지 오웰, 《나는 왜 쓰는가》, 한겨레출판, 300쪽
15. 리베카 솔닛, 《멀고도 가까운》, 반비, 96쪽
16. 유시민, 《어떻게 살 것인가》, 생각의길, 249쪽
17. 리베카 솔닛, 《멀고도 가까운》, 반비, 96쪽

18. 최태섭, 《한국, 남자》, 은행나무, 18쪽
19. 최태섭, 《한국, 남자》, 은행나무, 265쪽
20. 최승범, 《저는 남자고, 페미니스트입니다》, 생각의힘, 139쪽
21. 페터 비에리, 《자기 결정》, 은행나무, 44~45쪽
22. 페터 비에리, 《자기 결정》, 은행나무, 47쪽
23. 박창진, 《플라이 백》, 메디치미디어, 244~245쪽
24. 은유, 《다가오는 말들》, 어크로스, 191쪽

이 책을 응원해주신 분들

권연옥 김결 김근교 김서현 김선미 김성진 김수지 김승은
김시연 김유준 김유하 김윤호 김율 김은지 김정자 김지하
김혜연 나국택 남이사 냥이다♡ 다로리 라이렌 류수빈 류슬기
류연진 류은지 류한나 매미 목정민 문서영 민지랑 솜 민혜진
박채빈 박혜리 박희주 배연숙 배윤진 백태숙 버리 범수현
보돌윤진 ㅅㄹ 서미정 서자민 서종희 설샛별 소양 손민혁
손삼용 손예원 손이원 손효정 송경은 수리영 신미란 신소라
신진련 신후애비 심혜린 안병국 안지수 안해인 양영윤 에이미
여성의 글쓰기 김대옥 여성의 글쓰기 이재창 여성의 글쓰기 이희경
여정숙 오성화 우상하 위정수 유베지히 유한빈 윤병도 윤정인
윤현숙 은주 이경옥 이규덕 이동혜 이미애 이보혜 이상달
이순복 이순화 이시복 이영자 이영희 이예림 이용석 이유진
이은지 이주연 이지은 이하나 이현아 이현정 이혜민 이희수
정다희 정대리 정명숙 정미향 정병열 정빈 정승은 정영희
정예솔 정예지 정혜림 정혜지 정호광 조하나 진 최승기
축하축하^^ 대구에서 응원할게~ 푼크툼 호마노 홍수영 황은혜
dung LEE mar_geum Nerdy Hippie PEPSSI

여성의 글쓰기
혐오와 소외의 시대에 자신의 언어를 찾는 일에 관하여

1판 1쇄 펴냄 | 2019년 11월 25일

지은이 | 이고은
발행인 | 김병준
편　집 | 정혜지
디자인 | this-cover.com · 종이비행기
마케팅 | 정현우 · 김현정
발행처 | 생각의힘

등록 | 2011. 10. 27. 제406-2011-000127호
주소 | 서울시 마포구 양화로7안길 10, 2층
전화 | 02-6925-4183(편집), 02-6925-4188(영업)
팩스 | 02-6925-4182
전자우편 | tpbook1@tpbook.co.kr
홈페이지 | www.tpbook.co.kr

ISBN 979-11-85585-79-6 03800

이 도서의 국립중앙도서관 출판예정도서목록(CIP)은
서지정보유통지원시스템 홈페이지(http://seoji.nl.go.kr)와
국가자료종합목록시스템(http://kolis-net.nl.go.kr)에서
이용하실 수 있습니다.(CIP제어번호: 2019042122)

• 이 도서는 한국출판문화산업진흥원의 '2019년 우수출판콘텐츠 제작 지원' 사업
선정작입니다.